COLLECTION SÉRIE NOIRE
Créée par Marcel Duhamel

Parutions du mois

2640. L'IVRESSE DES DIEUX
(LAURENT MARTIN)

2641. KOUTY, MÉMOIRE DE SANG
(AÏDA MADY DIALLO)

2642. TAKFIR SENTINELLE
(LAKHDAR BELAÏD)

AÏDA MADY DIALLO

*Kouty,
mémoire de sang*

nrf

GALLIMARD

© *Éditions du Figuier, Bamako, 1998.*

1

Soudain, la blancheur du ciel matinal vira à l'ocre. Un gros nuage de poussière envahit l'espace et le silence qui régnait sur le quartier fut déchiré par les vrombissements de moteurs puissants. Pendant un court instant, Ousmane resta debout près de sa femme, pétrifié, le regard fixé sur l'horizon. Puis il se ressaisit, se tourna vers sa compagne et lui ordonna d'aller se réfugier dans la maison avec les enfants.

Il vit alors les Land Rover s'arrêter et une vingtaine d'hommes enturbannés, armés de Kalachnikov et de coupe-coupe, en surgirent. Ils se dirigèrent vers un ensemble d'habitations par groupes de trois ou quatre, et, à l'aide de leurs armes, défoncèrent les portes.

Les Tall se précipitèrent chez eux et, peu après, ils entendirent les Touareg qui forçaient la porte. Tout se passa très vite. Ousmane se saisit de son couteau tandis que Fathy faisait sortir Kouty par la fenêtre de la chambre.

« Va vite te cacher dans le grenier à mil, ma chérie,

dit-elle, en poussant sa fille à l'extérieur. Allez, va, et surtout, quoi qu'il arrive, ne fais pas de bruit.

— Va avec elle, Fathy !

— Non, ils vont se demander pourquoi tu es seul et ils vont nous chercher.

— Alors, tu lui donnes le bébé !

— Non, ça va lui faire perdre du temps et elle ne pourra pas monter l'escalier du grenier avec lui. Et puis ils n'oseront pas faire du mal à un petit, personne n'est assez cruel pour ça, Allah ne le permettra pas. »

Elle serrait très fort son bébé dans ses bras. Deux hommes firent alors irruption dans la chambre. Ousmane leva le bras, armé de son coupe-coupe, et se rua sur le premier, mais il n'eut pas le temps d'abattre son arme : le second lui envoya une volée de plomb dans le bras. Ousmane s'affaissa à terre et l'homme qu'il avait attaqué se jeta sur lui pour le rouer de coups, coups de pied, coups de crosse. Fathy hurla à en perdre le souffle et se précipita vers son mari. Mais son élan fut brisé par l'autre agresseur qui la saisit par les cheveux et la poussa dehors, dans la cour, après lui avoir arraché son fils.

Deux hommes étaient postés là, en attente.

« Il n'y a personne d'autre dans la maison ? leur demanda-t-il, sans lâcher Fathy.

— Non, colonel, personne.

— Bien. Mais regardez ce que j'ai trouvé », dit-il en projetant Fathy au milieu de la cour. La femme revint aussitôt vers lui en tendant les bras.

« Rendez-moi mon fils, cria-t-elle.

— Regardez-moi ça ! fit-il en brandissant le bébé au-dessus de sa tête pour que sa mère ne puisse pas l'atteindre. Elle réclame son bâtard, cette sale garce ! »

Et il se mit à gifler violemment Fathy. « Tu as osé nous humilier en couchant avec ce chien ! » cria-t-il en s'interrompant de temps à autre pour lancer des crachats en direction de la chambre où les gémissements d'Ousmane se faisaient de plus en plus faibles. Puis, en désignant le petit enfant, il ajouta : « Allez, on va arranger ça, n'est-ce pas, mes hommes ?

— Aussi vrai que Dieu est grand ! » répondirent-ils d'une seule et même voix.

Le colonel était maintenant immobile, tournant le dos au mur de la maison. Il fit deux pas en avant et saisit le petit Assadeck par les pieds. Fathy s'élança pour sauver son fils, mais les deux hommes la retinrent d'un geste brutal et l'assujettirent en la maintenant chacun par un bras. Dans un mouvement vif, le colonel se retourna et ses bras tendus tracèrent un grand cercle dans l'air. L'instant qui suivit fut comme irréel. Le crâne de l'enfant s'écrasa sur le mur. Fathy poussa un hurlement bref et perdit connaissance.

Mais Kouty, elle, restait consciente. À plat ventre sur un tas de grains, elle pouvait apercevoir la cour par l'interstice entre le mur de banco et le toit de chaume. Elle était paralysée par le spectacle, son regard fixé sur le mur d'en face où des fragments de cervelle étaient agglutinés. Elle poussait des cris, étouffés par le pagne qu'elle s'était enfoncé dans la bouche. Son visage était inondé de larmes et elle avait la sensation que sa poitrine allait éclater. Non, c'était sûrement un cauchemar, elle allait bientôt se réveiller de ce mauvais rêve.

Quand Fathy reprit connaissance, elle entendit d'abord les éclats de rire énormes des quatre hommes en tenue militaire. Elle comprit vite pourquoi ils riaient, vu la nature du liquide qu'elle avait senti couler sur son visage et qui l'avait sortie de sa torpeur. L'un d'entre eux pissait sur elle. Fathy aperçut alors son mari allongé sur le ventre, la tête couverte de bosses, la face tuméfiée, la lèvre fendue. Mais, malgré tout, on pouvait percevoir dans son regard l'ombre d'un sourire.

Très vite, la femme devina quelles étaient les intentions des tortionnaires. L'un des hommes lui bloqua les bras au-dessus de la tête, un autre se mit à la déshabiller tandis qu'un troisième commençait à s'agiter sur elle. Le quatrième, un genou posé sur le dos d'Ousmane, maintenait la tête du pauvre homme dans la direction de sa femme.

« Regarde qui tu as épousé ! Une sale garce ! Toi, et tous les esclaves nègres, vous ramassez les garces de chez nous pour les épouser ! »

Des larmes d'impuissance et de dépit coulèrent sur le visage d'Ousmane. Pourquoi leur infliger un tel châtiment ? Qu'avaient-ils fait pour ça ?

Fathy réclamait incessamment la mort. Son regard ne quittait pas celui de son époux. En un instant, elle revit toute sa vie. Elle ne se rendit pas compte que l'homme qui torturait Ousmane ne le maintenait plus que d'une seule main, et que la deuxième tâtonnait sa ceinture à la recherche d'un couteau. D'un geste précis et net, glissant d'une oreille à l'autre, il trancha la gorge de sa victime.

Fathy hurla. Kouty entendait, mais refusait d'entendre. Hypnotisée, elle voyait l'horrible tableau, mais elle se refusait à le voir. Elle tremblait de tous ses membres, elle avait atrocement mal à l'estomac et son cœur battait à tout rompre. D'abord, elle avait ressenti de la peur, une peur terrible, mais maintenant, devant ce carnage, la peur faisait place à la haine.

Quand les tueurs s'en allèrent, après avoir, chacun à son tour, possédé la mère, Kouty sortit de sa cachette. Fathy était assise, entourée des cadavres de son fils et de son mari, la tête dans les mains, le regard dans le vide. Plus un cri. Plus une larme. Même pas un regard pour sa fille qui vomissait près d'elle, le cœur soulevé par l'horreur macabre à laquelle elle avait dû assister.

Kouty ne vit pas Fathy se lever et entrer dans la cuisine. En entendant le hurlement déchirant de sa mère, le corps de la petite fille fut secoué d'un sursaut. Des flammes surgissaient de la cuisine. Se rendant compte que Fathy n'était plus là, Kouty se précipita, mais la porte était fermée à clef. Elle se hissa sur la pointe des pieds pour apercevoir, à travers la fente qui servait d'unique fenêtre, le corps de sa mère transformé en torche vivante.

2

Gao, au nord du Mali. Depuis une semaine déjà, l'école primaire était fermée. Les parents avaient trop peur de laisser leurs enfants sortir de chez eux, depuis que les Touareg, semant la terreur, avaient prévenu le maire que la ville allait bientôt être prise d'assaut. Cette nuit-là, les autorités avaient essayé en vain de joindre Bamako ou Taoudéni pour tenter d'obtenir une protection. Les gendarmes envoyés en reconnaissance n'étaient pas revenus. Au petit matin, on découvrit leurs cadavres, égorgés, à l'entrée de la ville. De toute évidence, le crime ne s'était pas déroulé à cet endroit.

La panique était telle que, ce matin-là, dans la plupart des lotissements, on n'entendait pas les bruits familiers des pilons, des calebasses, ni le choc de l'eau du puits au contact des seaux, comme c'était le cas en temps normal au moment du petit déjeuner. Les habitants, cloîtrés dans le silence, priaient de tout leur cœur pour que la menace ne se réalise pas. La famille des Tall, dont faisait partie le directeur de l'école, était l'une des rares où l'on s'activait en dépit de tout pour préparer le repas. Ousmane Tall était Peul, grand, beau et très noir de peau. C'était un homme calme. Bien sûr, il ressentait de l'inquiétude pour sa femme, sa fille, et son petit garçon, mais il se disait qu'il valait mieux s'occuper pour maîtriser la terreur. Sa femme — Fathy, une Targuia — et lui vivaient heureux depuis onze ans déjà. Kouty avait la peau presque aussi noire que son père et de longues jambes, promesses de haute stature, comme lui. Mais le visage était hérité de sa mère. Kouty venait d'avoir dix ans. Et puis était né Assadeck, un petit garçon maintenant âgé de deux ans.

Ne pourraient-ils pas vivre en paix, ces Touareg, en harmonie avec les autres ethnies, comme il vivait, lui, avec sa Fathy qu'il aimait tant ? À en croire les conteurs, les Peuls, d'origine arabe, étaient issus d'Okba Ben Yaci qui aurait quitté Médine au temps du Prophète. Okba Ben Yaci... Oubou Biliyaci, dans la bouche des griots et des Mabos... Les ethnologues, eux, disaient que les Peuls étaient d'origine yéménite. Ils seraient arrivés en Éthiopie, après avoir quitté le Yémen. Mais tous étaient d'accord pour penser qu'au cours de leurs déplacements d'est en ouest, puis d'ouest en est, ils s'étaient à un moment installés dans la vallée du Fouta et avaient adopté la langue toucouleur. Sur le chemin du retour, ils avaient peuplé le Macina. Puis, au cours des migrations, une partie d'entre eux serait allée vers l'ouest, le Sambourou, le Khasso, le Fouta Djalon, le Ouassoulou, le Ganadougou, et l'autre vers l'est, au Nigéria, au Cameroun, au Tchad. Les Touareg, les Kel Antassar, eux, seraient d'origine arabe... De Médine... Anssar, ça signifie compagnons du Prophète. La migration, c'était au septième siècle... Le Prophète ayant disparu en 632. Les Peuls, les Touareg, sont des nomades...

Ousmane en était là de ses réflexions lorsqu'il vit Fathy se précipiter à sa rencontre, Assadeck dans les bras. Elle désignait du doigt le gros nuage de poussière qui avançait à l'horizon.

3

Les Land Rover quittaient la ville, chargées de sacs de mil et de riz, de moutons et de volailles. Quand la horde offensive eut quitté les lieux, des hommes allèrent en groupe, de maison en maison, proposer leur aide aux familles. Attirés par les flammes dans la cuisine de Fathy, ils accoururent pour éteindre le feu. Mais en vain. La cuisine était déjà à moitié en cendres et Fathy n'était plus qu'un cadavre carbonisé.

Tandis qu'ils s'affairaient autour de l'incendie, le chef du village, inquiet de la santé mentale de la petite fille, l'avait emmenée chez lui de force. Kouty refusait d'abandonner sa mère, de laisser les flammes dévorer sa chair, et entraîner dans les cendres ce qui restait de son cœur d'enfant. Elle qui n'était plus qu'une fille, maintenant, une fille comme tant d'autres, hélas. Une fille sans famille. Hasard tragique, un coup du destin lui avait brutalement arraché son frère, son père, sa mère. Pourquoi le Destin, dans son immense cruauté, l'avait-il épargnée ? Pour qu'elle souffre encore davantage, sans doute. C'était certainement pour cette unique raison. Mais en ce bas monde, si mauvais soit-il, existait-il une souffrance plus grande que celle de voir sous ses yeux toute sa famille massacrée ! Et de devoir assister, impuissante, à ce massacre ! Non. Quoi qu'il advienne, pour Kouty, le passé renfermerait toujours le pire. Avec l'enfance et l'innocence, à jamais perdues.

Les deux jours qui suivirent furent douloureux.

Kouty ne pouvait pas dormir. Dès qu'elle fermait les yeux, elle revoyait le film d'horreur se dérouler dans sa tête. Elle avait l'impression que tout recommençait et elle se levait en hurlant. Son hôte, Bâ Maïga, s'en inquiéta et en informa l'infirmier du quartier. Il prescrivit à l'enfant un sédatif qui se révéla efficace. Les jours passèrent. Kouty devenait calme, étrangement calme. Elle faisait toujours des cauchemars, mais ils ne l'effrayaient plus autant, et elle conservait, imprimés au fond de sa mémoire, les visages des quatre Touareg. Elle ne les oublierait pas. Elle ne voulait pas les oublier. Ces images, terribles, étaient enfouies en elle comme un trésor dans un coffret dont elle seule posséderait la clef.

Dix jours après la mort des siens, Kouty fut confiée à un jeune homme qui se rendait à Bamako. Il était chargé de conduire la fillette dans la famille de Fathy qui habitait la ville. Le conseil du village avait pris cette décision, car on ne savait rien de la famille d'Ousmane, sinon qu'elle résidait dans un pays frontalier.

Kouty ne fit aucune remarque lorsqu'on lui annonça son départ pour la capitale. Elle suivit docilement le jeune homme, avec la ferme intention de le semer dès leur arrivée à Bamako. Quand ils furent parvenus à la station de taxis de Faladié, l'occasion se présenta. En descendant de la voiture, le jeune homme décida d'aller chercher des cigarettes et laissa Kouty toute seule, près des bagages. À son retour, il ne trouva plus que les bagages. Kouty avait disparu. Elle n'avait emporté que le petit sac contenant la nourriture qui lui avait été confié par l'une des épouses du chef de village. Elle n'était pas très loin. Elle s'était contentée de traverser la route et de se cacher derrière un arbre. Position stratégique : elle voyait parfaitement les lieux et pouvait épier tous les faits et gestes de son compagnon de voyage. Elle le vit faire le tour de la place, s'adresser aux passants, aux marchandes assises au bord de la route, de toute évidence pour les interroger au sujet de sa disparition, puisqu'il semblait même la décrire avec force gestes de bras, indiquant en particulier sa taille. Puis elle vit qu'il montait dans une voiture avec les bagages. Kouty attendit que la voiture ait disparu à l'horizon pour s'étendre sur le sol au pied de l'arbre. Elle ouvrit le petit sac, grignota quelques dattes et une poignée de cacahuètes, puis elle le referma, le plaça sous sa tête et ferma les yeux.

Bamako se situe dans une sorte de cuvette, bordée au nord-est par une chaîne de collines et traversée presque en son centre par le fleuve Niger. La fillette erra, découvrant la beauté des lieux dans cette ville encore en construction. Les jours, les semaines, les mois, passèrent. Kouty avait l'impression d'avoir fait le tour de tous les marchés de la capitale. Elle ne se sentait pas gênée du tout par les odeurs désagréables qui s'en dégageaient, ni par les relents nauséabonds des canaux à ciel ouvert ; au contraire, elle s'y installait pour se nourrir des fruits et des légumes avariés que les marchandes avaient abandonnés sur place, et elle ne se préoccupait nullement d'éviter les excréments jonchant çà et là les ruelles de la ville. Elle avait même la sensation d'en faire partie. Bamako est une des capitales du tiers-monde qui se livre sans réserve au premier regard, elle est le miroir précis de la désastreuse économie qui la gère : un effroyable théâtre de misère, une misère brute, la misère noire, comme on dit — celle des nègres. C'est une gigantesque poubelle : la poubelle du monde occidental où péniblement se meuvent quelques carcasses humaines, qui ont réussi par miracle à survivre au paludisme et au sida. Dix millions d'êtres seulement, dans un pays d'un million deux cent quarante mille kilomètres carrés, errant à la recherche d'une hypothétique pitance, dans un amoncellement de déchets auxquels ils sont identifiés. Dans les quartiers populaires — majoritaires, bien entendu — en guise de rues, on trouve des pistes poudreuses, souvent défoncées, cahoteuses, où dégorgent les eaux usées et où s'entassent les ordures ménagères. Les voies principales reliant entre eux ces quartiers sont léprées de nids-de-poule, et de larges crevasses crèvent leur surface et se remplissent d'eau à la saison des pluies. Ce réseau de rues quadrille un ensemble d'habitations le plus souvent en terre, misérables et insalubres. La circulation dans Bamako constitue à elle seule un phénomène spectaculaire. Pas de Code de la route, si bien qu'on est toujours heureusement étonné d'arriver à bon port. Les transports en commun sont un danger public. Conduits par des jeunes gens souvent surexcités par l'usage de dopants de toute sorte, ils foncent dans la mêlée à tombeau ouvert. La plupart des véhicules qui encombrent les rues de la capitale, et en particulier les taxis — de vieilles R12 dont il ne reste plus que des carcasses rouillées et dont on est toujours surpris de constater qu'elles roulent — viennent de France pour être recyclés. On les appelle « Au revoir, la France ». Démodés, obsolètes. Quant aux 404 familiales, à l'usage des étudiants en médecine, elles sont surnommées « requins » ; leurs portières ne ferment plus et il faut les maintenir dans les virages pour éviter de se retrouver projeté à l'extérieur. Pourtant, ça marche : personne ne se plaint, en tout cas si peu que ça continue. Il y a aussi les « duruni », des 404 vertes, sans toit, recouvertes d'une bâche installée sur une structure de barres métalliques — pour se protéger du soleil — et à l'arrière desquelles on a disposé un carré de bancs, l'un d'entre eux étant équipé d'un marchepied servant à faire monter les passagers, entassés comme du bétail. Et les « sotrama », des minibus dont les sièges ont été aussi remplacés par des bancs, pour gagner de la place. Le passager arrive toujours à destination, les vêtements froissés, poussiéreux, et les membres ankylosés par la pression de la foule. Mais, dans la ville, il n'y a pas que des cercueils ambulants. On voit circuler aussi de belles voitures françaises, des japonaises, des coréennes, des allemandes, conduites par des membres des O.N.G. internationales, payés des millions, qui se pavanent en 4 × 4 dans les villages pour filer des biberons aux enfants sous l'œil compatissant des caméras. Des hauts fonctionnaires, des fortunes privées. Des hommes d'affaires plus ou moins louches, des commerçants douteux, des officiers malhonnêtes et des politiciens véreux. L'honnêteté, ça ne paye plus. Pour être apprécié, il faut être un filou, encensé par les griots, ou l'imbécile, légitimé. La bêtise est devenue une valeur nationale.

Kouty se mêlait aux mendiants de son âge. En haillons, le corps couvert de traces de blessures, les cheveux pleins de sable et de poux. Poussiéreuse pendant la saison sèche et maculée de boue pendant celle des pluies. Durant toute une année, Kouty passa son temps à arpenter les rues de Bamako. Selon la saison, la petite fille passait la nuit sur les trottoirs avec d'autres vagabonds ou sur les chantiers. Elle dormait recroquevillée sur des cartons avec, pour unique oreiller, une boîte vide de concentré de tomates enveloppée dans un vieux pagne récupéré dans une décharge. Ses seuls trésors.

Kouty connaissait tous les endroits propices à la mendicité. Du lundi au samedi, elle faisait le siège des mosquées à l'heure des prières. Chaque dimanche, elle se postait devant l'église en attendant la sortie de la messe. C'est d'ailleurs à quelques mètres de l'église qu'un matin, en y allant, elle fut prise de malaise. À force de se nourrir de repas quémandés de porte en porte et recueillis toujours dans la même boîte de conserve, elle commençait à avoir des problèmes d'estomac. Elle souffrait beaucoup, elle dut s'allonger sur le sol et tenir son ventre à deux mains.

Marceline et Odile sortaient de l'église. Elles faillirent buter sur le corps de la petite fille. Marceline, intriguée, se pencha vers Kouty :

« Mais qu'est-ce que tu fais ? demanda Odile. Viens, on rentre à la maison !

— Mais tu ne vois pas que cette petite est malade ? s'indigna Marceline.

— Justement ! Elle peut être contagieuse ! Avec toutes ces maladies qui courent en ce moment !

— Ça y est ! Ça recommence ! Toi et ton sida ! Ça devient fatigant à la fin. Ma pauvre Odile, je me demande vraiment pourquoi tu viens à la messe ! »

Sur ces mots, Marceline souleva doucement la petite fille et la prit dans ses bras.

« Tout le monde passe sans rien faire, et toi, bien sûr, il faut que tu t'arrêtes ! Tu adores jouer les mères Teresa ! dit Odile en ronchonnant.

— Allez, aide-moi, au lieu de dire des bêtises ! »

Du bout des doigts, Odile saisit le baluchon de la petite fille et rejoignit son amie dans leur voiture. Les deux femmes partageaient aussi une villa de deux étages. Le rez-de-chaussée était aménagé en restaurant, le « Mouton Blanc ». Elles s'en occupaient dans la semaine, jusqu'au vendredi soir. Toute la journée du samedi était consacrée, au grand désespoir d'Odile, à organiser des fêtes. Le dimanche, c'était le repos du Seigneur.

Odile et Marceline, c'était le jour et la nuit. Opposées mais complémentaires. Marceline était aussi grosse qu'Odile était maigre, Odile aussi petite que Marceline était grande. Et Marceline semblait avoir absorbé toute l'énergie de son amie. Odile était de nature inquiète et indécise, Marceline était l'audace incarnée, volontaire et battante. La conscience, c'était Odile, qui remuait cent fois les choses dans sa tête avant d'agir. Marceline savait toujours ce qu'elle voulait et allait droit au but. Elle ne cessait d'ailleurs de se fixer des objectifs. Les deux amies avaient en commun leur bonne nature, ce qui se fait rare aujourd'hui parmi les humains. Et c'est par amour, toutes les deux, qu'elles avaient échoué au Mali.

Marceline Lori, guinéenne, ancienne prostituée, avait convolé en justes noces avec un coopérant français, un de ces baroudeurs qui sillonnent l'Afrique. Elle l'avait rencontré en Côte-d'Ivoire et l'avait suivi au Mali. Puis il était parti pour ne plus revenir, prenant pour prétexte une mission dans la brousse. La jeune femme, inquiète, avait pris des renseignements auprès de l'entreprise qui employait son époux. On lui avait répondu qu'il était parti sans renouveler son contrat. En un mot, ce monsieur avait disparu dans la nature. Il abandonnait Marceline et un fils né de leur union, tout ce qui restait à Marceline, avec la villa qui d'ailleurs était au nom de ce fils. Victor faisait ses études en France grâce à une bourse de la C.E.E.

Marceline n'avait pas oublié son enfance, et s'était juré que Victor ne connaîtrait jamais la pauvreté. Car, chez les Lori, la pauvreté était une réalité. Palpable. Elle avait une forme concrète. Elle avait une odeur. Elle avait une couleur. Sa forme, c'était celle d'une petite maison en banco couverte d'un toit de tôle d'apparence fragile, dont on n'imaginait pas qu'il puisse une seconde résister à la saison des pluies. Mais, vaillamment, il tenait. Son odeur, c'était les émanations du bouillon de culture coulant dans le caniveau en bas de la chambre que Marceline partageait avec ses six frères et sœurs. Celle de la sueur, des haleines fétides, dues à la promiscuité et à la malnutrition. Sa couleur avait tous les défauts, c'était celle des êtres malheureux, condamnés à la porter. Le corbeau est noir, on dit que le diable est noir. Et le continent le plus pauvre du monde est peuplé d'hommes noirs. Malédiction ou hasard ?

Marceline ne possédait rien mais elle désirait beaucoup. De l'école, elle ne pouvait espérer qu'une chose : apprendre à lire et à écrire. Où trouver le temps d'étudier quand, après l'école, on doit faire le ménage, la cuisine, et, enfant soi-même, s'occuper des autres enfants de la famille ? Ces tâches quotidiennes l'empêchaient quelquefois d'assister aux cours. Est-il possible d'apprendre lorsqu'on est tenu de passer ses week-ends et ses vacances à laver le linge des voisins pour subsister ? Marceline savait intimement que la vie lui réservait le même sort que celui de sa mère. C'était un cercle vicieux. Elle ne voulait pas d'une existence pareille. Surtout pas ! Pour elle, la pauvreté et la misère s'incarnaient dans une voix : celle de sa mère, commune, vulgaire, hystérique. Sa mère, qu'elle aimait beaucoup, mais à qui elle ne pouvait s'empêcher d'en vouloir. N'était-ce pas en partie de sa faute si le père les avait abandonnés pour partir à l'étranger avec une autre ?

Alors Marceline décida d'aller au plus vite, en empruntant la voie de la prostitution, qui n'était certainement ni la plus facile, ni la plus sûre. Elle avait commencé très tôt à y penser en observant les jeunes filles de son entourage. La plupart d'entre elles faisaient bouillir la marmite. Mais apparemment, aucune d'elles ne travaillait. Comment espérer un emploi, avec un niveau aussi peu élevé, dans un pays où les recrutements se font au compte-gouttes dans la fonction publique ? Où les diplômés se retrouvent, bon gré, mal gré, au chômage ?

La dure existence de Marceline avait forgé son caractère. Jamais elle ne baissait les bras devant les aléas de son impitoyable destin. Marceline n'avait pas hésité à vendre son corps et, plus tard, celui des autres, afin de sortir de sa misérable condition. Mais son esprit était voué à la religion. Elle croyait à la miséricorde du Créateur. Et, si la chair était à jamais souillée, le cœur, lui, avait conservé sa pureté. Toujours prête à aider son prochain, Marceline était d'une gaieté communicative. Elle avait un caractère bien trempé, et ne se laissait jamais dominer par ses humeurs. Et, vu son courage exemplaire, son fils unique lui vouait en toute conscience un amour et un respect sans mesure.

Victor avait fait le deuil de son père le jour où il était parti, abandonnant les siens. Adolescent, il avait alors ressenti cet abandon comme la pire des trahisons. Il ne comprenait pas ce geste, ne pouvait aucunement le justifier. Les êtres responsables divorcent, s'en vont, mais ils ne s'enfuient pas ! Seuls les inconscients le font, en laissant derrière eux leur famille, preuve de l'indifférence qu'elle leur inspirait. Victor avait classé son père dans cette catégorie, et il l'avait rayé définitivement de son existence. Lorsque, quelques années plus tard, le père avait tenté de renouer des liens en écrivant une lettre, Victor l'avait jetée au panier sans même l'ouvrir. Désormais, sa famille, c'était Marceline et les siens. Victor n'avait pas conscience du complexe qui le rongeait, comme c'est le cas d'une grande majorité de mulâtres. Il était noir, comme sa conscience.

Odile, d'origine ghanéenne, était infirmière. Elle avait épousé un étudiant malien, et, comme il convient, elle était venue s'installer au Mali, après avoir terminé ses études. Erreur fatale ! Le cher homme, fidèle à sa tradition, avait, pendant ce temps, pris femme, une deuxième et une troisième fois. Leur amour n'avait pas survécu. Il avait vite cédé la place à la haine, sentiment bien plus tenace, acharné, et moins éphémère. Leur bonheur avait filé à l'anglaise, sans laisser de trace, effrayé par le cauchemar de leur vie quotidienne. Bref, le bien ayant, sans traîner, abandonné le terrain au mal, la jeune Odile, épuisée moralement et physiquement, avait fui le harem pour se réfugier chez Marceline, sa seule amie du temps où elle militait encore pour les joies et les vertus du mariage. Odile ne s'était jamais donné la peine de divorcer, et elle n'avait de nouvelles de son mari que par la voie des médias.

Elle n'avait jamais pris la moindre décision autonome

avant de décider de quitter le domicile conjugal. Elle avait toujours vécu sous tutelle. Sa mère, femme au demeurant remarquable, avait tendance à la couver. Jeune fille, elle s'était éprise d'un homme au caractère affirmé. Par habitude, elle s'était ensuite reposée sur Marceline. Brave mais pas téméraire, Odile était gentille. Elle se réservait cependant pour ses proches. Et n'accordait sa confiance qu'avec parcimonie, après maints examens. Elle était casanière et ne sortait de la maison que sous l'impulsion de Marceline. Modérée dans sa foi et sa pratique, elle se faisait tout de même un devoir d'assister à la messe du dimanche pour faire plaisir à son amie. Odile était comme ça. Le bien-être des siens passait avant tout. C'était là l'origine de son malheur. Et de son bonheur.

Marceline et Odile vivaient ensemble depuis dix ans. Les voies du Seigneur sont impénétrables, mais celles de l'amour le sont aussi.

4

Lavée, soignée et nourrie, Kouty se remit rapidement de ses problèmes de santé. Marceline se refusait à rendre la petite à la rue et à sa détresse. Elle réussit à convaincre son amie de la nécessité de la garder, en insistant sur l'aide qu'elle pourrait leur apporter. D'âge mûr et célibataire, Marceline voyait en Kouty la fille qu'elle n'espérait plus avoir. Elle voyait sa présence comme un signe du destin.

La brave femme voulait pour Kouty tout ce qu'il y avait de mieux. La fillette fut donc inscrite à l'école française de Bamako. L'un des professeurs de cet établissement, l'un des meilleurs clients de Marceline depuis quelques années, facilita la démarche. Le temps passa ainsi, pour Marceline et sa fille adoptive. Mais jamais, malgré la délicatesse avec laquelle Odile et elle l'abordaient, Kouty ne révéla son histoire. Elle ne leur livra que son nom et son prénom. Jamais rien concernant les détails de son passé.

Cinq années passèrent, pendant lesquelles Marceline chérit la petite fille. Cinq années, pendant lesquelles Kouty apprit à aimer Marceline. À seize ans, Kouty était devenue une admirable jeune fille. Marceline ne lui avait rien caché de son passé. Kouty n'en ressentait que plus d'estime pour elle. Au fil des années, le caractère de la jeune fille, sans changer profondément, s'était affirmé, durci. Son cœur, comme celui d'une vieille dame, ne battait plus que pour de bonnes raisons. Les catastrophes naturelles, par exemple. Mais aucun crime perpétré par les hommes, fût-il abominable, ne l'étonnait plus. Pour Kouty, l'infamie de l'être humain était sans limites. Le développement affectif de la jeune fille semblait avoir sauté l'étape de la jeunesse. En effet, si les filles de son âge fermaient leurs paupières pour y enfermer des pensées roses, Kouty, elle, ne voyait sous les siennes qu'un gouffre sombre et des masques hideux et sanglants. Son cœur était un désert où ne fleurissait rien qu'une végétation agressive, nourrie par le désir de vengeance. Kouty était tout entière possédée d'une détermination froide et muette. Elle n'espérait ni amour ni gloire. Elle voulait le temps. Dans cette attente, elle trouvait la force d'exister au cœur d'un monde qui, pour elle, avait perdu tout intérêt. Son âme en peine ne trouverait son repos que dans la certitude que ces visages qui la hantaient brûleraient en enfer. Elle se l'était juré. Toutefois, rien dans son comportement ne laissait paraître son tourment. Avare de paroles, difficile à aborder, elle restait toujours courtoise comme tous les gens bien élevés. Son père et sa mère, férus de théologie, lui avaient enseigné les fondements de l'islam. Elle lisait et comprenait le Coran dans la langue du Prophète. Mais, depuis le drame qui l'avait frappée, Kouty s'était détournée de la pratique religieuse, comme toute personne déçue par la foi. Cependant, dans la vie courante, elle continuait à appliquer certains principes liés à son éducation religieuse : la probité, la loyauté, la charité. Ces nobles sentiments trouvaient cependant leur limite et se heurtaient à son imaginaire où les assassins de sa famille restaient emprisonnés. À ceux-là, elle réservait le mensonge, l'intrigue, et la mort.

5

Le restaurant brillait de toutes ses lumières. Les tables étaient recouvertes des plus belles nappes. Ce soir-là, au « Mouton Blanc », on fêtait l'anniversaire de Kouty et sa réussite au B.E.P.C. Marceline et Odile avaient à cette occasion fermé les portes de l'établissement pour une soirée entière. Sous le contrôle énergique de Marceline, tout avait été organisé avec soin, de la décoration de la salle aux petits plats amoureusement cuisinés.

Après cinq ans de vie commune avec Kouty, Odile était aujourd'hui totalement conquise, et c'est elle qui avait réalisé de ses mains la robe vert amande, irisée, que portait la jeune fille. Une tenue très simple, avec un séduisant décolleté arrondi et une taille bien dessinée, que Kouty portait admirablement. Elle était grande maintenant, élancée. Ses dents étaient d'une blancheur éclatante et ses yeux noirs, bordés de longs cils, avaient une expression lointaine. Des sourcils épais structuraient l'architecture de son beau visage. Sa chevelure était abondante, frisée, retenue sur la nuque par une lanière de cuir que sa mère, Fathy, avait tressée pour elle dans les temps heureux. Mais ça, personne ne le savait.

Toute sa classe, ou presque, participait à la fête.

Surtout les garçons, parmi lesquels se trouvait Eddy. Quelle beauté ! Il était blanc, se nommait en réalité Édouard et était issu d'une famille de l'aristocratie française. Comme il trouvait son prénom *ringard*, il se faisait appeler Eddy. Gare à qui osait l'appeler autrement ! Les professeurs, d'accord, et encore ! Eddy avait l'assurance et l'aisance des gens riches et conscients de leur pouvoir. Sa prestigieuse généalogie et les récits qu'on lui avait faits des glorieuses batailles de ses ancêtres faisaient toute sa fierté. Maintenant, le temps des conquêtes était révolu, et Eddy se promettait de profiter des biens accumulés au fil des ans par ses illustres ascendants. Son seul et unique problème, c'était les études. Et, malgré ses efforts redoublés, il n'en comprenait pas la nécessité. Mais puisque tel était le désir de son père, il ne pouvait que s'y plier. Enfant turbulent, adolescent espiègle, Eddy était malgré tout un être sensible. Joueur, il considérait la vie avec un grand éclat de rire.

Il était impressionné par la beauté rare de Kouty. Mais la jeune fille était si distante, si froide, qu'en général il n'osait pas l'approcher. Cependant, ce soir-là, en la découvrant drapée dans cette petite merveille qui mettait en valeur son corps de femme exempt de toute imperfection, et stimulé par les autres regards masculins qui ne la quittaient guère, il se dit que c'était le moment ou jamais de tenter sa chance. Il la suivit partout pendant la soirée, en attendant l'occasion de l'aborder.

Or, à un moment, Kouty sortit sur la véranda, en quête d'un instant de calme. Il n'y avait personne. Elle avait espéré ce moment pendant toute la soirée. Elle n'aimait guère la foule et ne s'en était jamais cachée. C'est pour faire plaisir aux deux amies qu'elle avait accepté cette fête.

Adossée à l'une des quatre poutrelles qui soutenaient le toit de la véranda, elle laissa le jeune homme s'approcher. Eddy vint se placer face à elle, et appuya sa main juste à côté de la joue droite de la jeune fille, sur la poutrelle. Ils se regardèrent, les yeux dans les yeux, dans une expression de défi. Un regard clair, un regard sombre.

« Kouty, dit le jeune homme, je voudrais te parler. »

Elle détourna la tête, guère affectée en apparence par l'émotion de son camarade.

« Tu es le troisième, ce soir. Vous avez tous envie de "me parler". Tu ne crois pas que c'est trop pour moi ? »

Et, ne lui laissant pas le temps de répondre, elle le regarda à nouveau.

« Tu comprends, Eddy, je ne voudrais pas être désagréable avec toi, comme je l'ai été avec les autres. Alors, sois gentil, laisse-moi tranquille avec ces histoires ! »

Surpris, Eddy se dégagea et alla s'adosser à la poutrelle la plus proche. Il avait tout prévu, sauf ça.

Dérouté, il restait sans voix. Puis il reprit :

« Bon. Si tu le prends comme ça, je vais me taire.
— Très bien.
— Tu es bizarre, Kouty. C'est comme dans les romans à l'eau de rose que ma sœur dévore... Tu es belle et mys-

térieuse. Tu es seule, toujours, je ne te vois aucune amie. Tu ne fais pas partie d'une bande.

— Je ne savais pas que tu lisais ça.
— Quoi ?
— Les romans d'amour.
— Ça m'arrive, reconnut-il, avec un sourire gêné que Kouty ne perçut pas. Mais surtout, ne le répète pas...
— Tu t'es trompé.
— Trompé ? Sur quoi ? Si tu pouvais te donner la peine de parler clairement pour te faire comprendre du commun des mortels, fit-il, avec, cette fois-ci, un sourire franc.
— Tu t'es trompé en disant que je ne fréquentais aucune bande, se contenta-t-elle de répondre.
— Mais oui, tu as raison, tout le monde en parle, de cette bande d'invisibles ! dit-il en plaisantant.
— Viens, tu vas voir, emmène-moi sur ta moto et je te présenterai mes amis.
— Et la fête ? Ta mère et tous les autres vont se demander...
— Je m'ennuie à cette fête. Et puis on sera de retour bien avant qu'ils ne s'en rendent compte.
— Si tu le dis ! »

Au fond, cette décision n'était pas pour déplaire à Eddy. Une petite balade en moto, c'était plutôt une bonne entrée en matière. Guidé par la jeune fille, il conduisit sa Yamaha à vive allure sur la route de Koulikouro, et ils mirent pied à terre devant un restaurant-bar installé dans une villa. Dans la cour, une estrade était dressée et les tables, dont quelques-unes seulement étaient occupées, étaient alignées sur plusieurs rangées, en demi-cercle. Pour saluer l'entrée de Kouty, un roulement de tambour s'éleva de l'orchestre qui commençait juste à se chauffer. Elle fut accueillie comme une invitée de marque. On l'embrassa et on la complimenta sur sa robe. Elle eut également droit à la mise en boîte quand elle présenta Eddy à la troupe, car c'était bien la première fois qu'elle se montrait en compagnie d'un jeune homme. Eddy, étonné de voir Kouty aussi épanouie parmi tous ces gens, s'était assis à une table, face à l'orchestre. Il ne perdait pas une goutte de la joie de son amie.

Après avoir, comme on dit, fait le tour de la maison, pour saluer les gens du bar et ceux de la cuisine, elle vint enfin s'asseoir auprès d'Eddy, suivie de près par un serveur qui l'aida à s'installer avant de prendre sa commande.

« Comme d'habitude, André, ma glace. Et toi, Eddy ?
— Une bière, s'il te plaît. »

Ils s'enfoncèrent dans le silence jusqu'à ce que le garçon revienne pour les servir. Ils semblaient tous deux perdus dans leurs pensées.

« Tu sais, Eddy, je crois que toi et moi, on pourrait devenir des amis. Tu es la seule personne à qui j'ai montré cet endroit, et je ne le regrette pas. Parce que, tu vois, un ami, pour moi, c'est aussi quelqu'un auprès de qui on peut rester sans rien dire, et sans se sentir oppressé.

— C'est une façon de voir, mais on peut aussi être amis en étant ensemble, c'est encore mieux.

— Chez les garçons, ça, c'est une idée fixe ! Mais dis-toi bien que moi, je n'ai que de l'amitié à offrir. Tu acceptes ou pas ? C'est à prendre ou à laisser.
— Oui... Oui, en attendant que tu changes d'avis.
— Mais je ne changerai pas d'avis ! N'y compte pas !
— On verra, on verra, mon amie », fit-il, avec une légère ironie.

Autour d'eux, la soirée semblait avoir trouvé son rythme. À la fin d'un morceau de musique soul, le chanteur demanda l'attention du public.

« Mes chers amis, dit-il, ce soir nous avons la chance d'avoir parmi nous le sosie de Sade. C'est une fille qui a une voix merveilleuse et, en plus, elle a une couleur de peau bien de chez nous. »

Des cris de joie répondirent à cette annonce.

« Je vois bien que vous avez reconnu notre vedette ! Kouty, vous nous ferez l'honneur de chanter ?
— Ah ! En plus, Mademoiselle sait chanter ! On en apprend tous les jours... C'est quoi, la prochaine surprise ? » murmura Eddy en applaudissant.

Les autres clients se joignirent à lui et Kouty monta sur scène dans l'enthousiasme général.

Le silence se fit. Une voix s'éleva, chaude, profonde et douce. Le pauvre Eddy se noyait en elle. Décidément, cette fille avait tout pour plaire. Elle était belle, intelligente, et bourrée de talent. En somme, elle avait tout pour être heureuse, tout pour réussir dans la vie. Depuis un an qu'il la connaissait, il ne l'avait jamais vue aussi détendue. Eddy l'avait tout de suite remarquée. Il l'avait trouvée bien belle, mais en général, les *café-au-lait*, c'était pas son truc. Toutes ses petites amies — et Dieu sait qu'il en avait — étaient blanches. Il n'était pas raciste, non, il entretenait de bonnes relations avec les Noirs de sa classe, mais il pensait, comme la plupart de ses copains, que sur ce genre de choses, c'était une question d'individu. Et depuis quelques semaines, cette fille noire occupait ses pensées. Depuis ce soir, il ne pensait plus à autre chose.

Quelques soirées plus tard, Kouty avait pris la place de sa mère adoptive, derrière le comptoir. Quelquefois, rarement, lorsque Marceline était malade et qu'Odile se refusait à la quitter — persuadée qu'elle la retrouverait morte si elle l'abandonnait ne serait-ce qu'un instant — on confiait la bonne marche du restaurant à Kouty. Bien sûr, Marceline prétendait que le comportement d'Odile l'agaçait dans ces moments-là, mais en réalité, elle était ravie d'avoir à ses côtés une amie aussi prévenante et se résignait sans problème au régime imposé : repos et bons petits plats.

La salle de restaurant du « Mouton Blanc » était une vaste pièce toute blanche, comme le mouton qui lui servait d'emblème. Des tables rondes, pour deux ou quatre personnes, toujours fraîchement fleuries, étaient séparées les unes des autres par des paravents de bois sculptés d'idéogrammes dogons. Deux grandes portes-fenêtres, dissimulées sous de lourds rideaux à motifs bogolans, ouvraient sur la terrasse en rotonde. Les lumières, tamisées, donnaient une ambiance douce et paisible à cet harmonieux ensemble.

La soirée s'était déroulée normalement et la jeune fille avait réalisé une recette moyenne, comme c'était la coutume en début de semaine, quand il y avait peu de clients. Ces soirs-là, on fermait de bonne heure. Kouty regardait l'horloge murale avec ostentation, mais les derniers clients n'y prêtaient aucun intérêt. Trois hommes étaient attablés dans la grande salle : deux Européens et un Targui. Ils avaient beaucoup bu et parlaient d'une voix forte. Marceline ne l'aurait pas toléré. Elle n'aurait pas hésité à les rappeler à l'ordre. Mais Kouty ne jugeait pas cela nécessaire, car ils étaient les derniers et qu'ils ne gênaient personne, à part elle. Tout absorbée par ses occupations derrière le comptoir, la jeune fille ne prêtait pas d'attention particulière à leur conversation, mais les mots parvenaient tout de même à son oreille. La langue que parlait le Targui éveilla soudain son intérêt. L'homme, complètement saoul, conversait en mêlant le français à sa langue maternelle. Il parlait d'un crime. Scènes horribles, scènes en tous points semblables à celles que Kouty avait vécues dans son enfance. Des scènes marquées au fer rouge dans sa mémoire.

« Et, vous savez, braillait-il, fier de lui, c'est moi qui lui avais donné l'adresse de cette pute de Fathy ! C'est à mon frère, son cousin, qu'elle était promise ! Depuis toujours ! »

Et en se frappant la poitrine du plat de la main avec un bruit sec, il ajouta : « Nous faire cet affront, à nous, des nobles, des Blancs ! Préférer un sale nègre, un fils d'esclaves ! Mon frère a fait son devoir. Il a lavé notre honneur dans le sang, comme on doit le faire, et j'ai récompensé les valeureux guerriers qui nous ont aidés. D'ailleurs, il y en a un qui a obtenu un poste de conseiller à l'ambassade du Mali au Sénégal, grâce à mon appui, et je… »

Les mains tremblantes de la jeune fille laissèrent tomber la coupe qu'elle était en train d'essuyer. Au son du verre brisé, l'homme se retourna et, l'espace d'un instant, son regard croisa celui de Kouty. Il avait un visage émacié, un regard d'aigle, un nez long et aquilin, des joues creuses. Ses lèvres, minces et rosâtres, recouvraient difficilement ses dents trop longues. Un visage banal, bien de sa race. Défilèrent alors devant les yeux de Kouty une série d'autres visages, à la fois semblables et différents. En un éclair, les six années qui venaient de s'écouler, depuis le massacre de sa famille, s'effacèrent. Mais elle ne dit pas un mot. Elle ne pleura même pas, et se contenta de s'agripper très fort au bord du comptoir pour ne pas perdre l'équilibre. Elle se sentait mal, la tête lui tournait, et des relents d'aigreur inondaient sa gorge. Elle avait la sensation d'avoir reçu un coup de poing dans l'estomac. Et elle se souvenait de cette odeur de sang frais, de sang humain, ça remontait du fond de sa mémoire, de son cœur, de ses entrailles. Le sang d'un père, s'écoulant vers celui de son fils, se mêlant à lui, et se confondant à celui de la mère et de l'épouse, pour ne laisser vivre que celui de la fille, de la sœur. Kouty avait des bourdonnements dans les tempes, mais la rage l'emportait sur la douleur, et elle réussit à se maîtriser. Pour ce faire, elle se mit en devoir de ramasser consciencieusement les débris de verre, méthodiquement, pour avoir le temps de réfléchir. Après cette minutieuse opération, elle demanda à l'une des serveuses de la remplacer pour la fermeture, d'ailleurs imminente, puisqu'il était vingt-trois heures quarante-cinq et que l'on fermait à minuit. Marceline était très stricte sur ce point. Il fallait en informer les joyeux lurons.

Postée sur le trottoir d'en face, Kouty vit les trois hommes quitter le restaurant. Les deux Français montèrent dans une R4 blanche, et le Targui dans une voiture de fonction conduite par un chauffeur. Toute de noir vêtue, Kouty suivit la voiture du Targui après avoir enfourché sa Motobécane et ils traversèrent deux quartiers résidentiels, longèrent un terrain vague limitant un lotissement en construction pour arriver sur une voie bordée d'arbres. On se serait cru dans un petit bois. Il faisait plus frais tout à coup. Kouty remonta le col de son blouson. Cet endroit, miraculeusement épargné par la folie destructrice des hommes, était voué à devenir l'espace vert du nouveau quartier. Ils longèrent encore quelques maisons inachevées et parvinrent enfin à un ensemble de villas neuves, coquettes et bien éclairées. La voiture suivie par Kouty ralentit pour s'arrêter devant l'une de ces maisons.

La jeune fille ralentit aussi, arriva devant la maison du Targui, vit le chauffeur ranger la voiture dans le garage, et contourna le bâtiment pour reprendre à vive allure le chemin du « Mouton Blanc ». Elle prit cependant la précaution au retour d'évaluer l'étendue de l'espace vert et le temps qu'elle mettait à le traverser et à rejoindre le restaurant de Marceline et d'Odile. Ainsi, à plusieurs reprises, Kouty « raccompagna » le Targui, pour être bien certaine que la maison qu'elle avait découverte lors de sa première filature était bien celle de l'homme maudit. En général, excepté à deux ou trois occasions apparemment exceptionnelles, c'était toujours là qu'il rentrait et que s'achevait la filature. Maintenant, Kouty connaissait même le lieu de travail de l'homme, car elle était venue à plusieurs reprises le guetter au coin de sa rue. Elle connaissait même le nom de ses deux maîtresses. La jeune fille savait exactement comment elle pourrait éliminer sa proie.

Car c'était bien sa proie. Elle pensait à lui toujours en ces termes. Dès le premier soir, elle avait élaboré son plan. Un plan simple, sûr. Il ne restait plus qu'à attendre le moment propice. Elle pourrait bien évidemment le provoquer, ce moment. Mais elle préférait s'en remettre à la Providence. Elle était sûre d'une chose, c'est que le Bon Dieu ne pouvait que prendre son parti. Kouty pensait qu'Il lui devait cette petite faveur, puisque, le jour du massacre, Il avait été du côté des tueurs.

Elle avait même choisi l'arme du crime. Un pistolet léger, facile à manier. Elle l'avait acquis sans aucune difficulté. Il lui avait suffi d'économiser deux semaines d'argent de poche pour pouvoir se procurer une arme à douze coups, vu le désordre qui régnait dans ce pays où tout un chacun était le seul maître à bord. Un vrai Far West des temps modernes, avec, dans le rôle du shérif, Dieu Lui-même !

Eddy annonça qu'il ferait une boum pour fêter sa réussite au B.E.P.C. Kouty se fit prier pour accepter l'invitation. Eddy habitait chez son oncle, dans un quartier proche de la maison de Kouty. Le jeune homme, cancre notoire, champion d'école buissonnière, avait été expédié en Afrique sous la tutelle d'un oncle, militaire de carrière, en signe de châtiment. Il avait été convenu entre l'accusé et sa famille qu'il ne reverrait la terre de ses illustres ancêtres qu'à la seule condition d'y revenir bachelier, ce qui lui permettrait d'acquérir, par la suite, un minimum de connaissances. Son honorable père n'avait-il pas, à quinze ans, obtenu son baccalauréat avant de se lancer dans de brillantes études de médecine et de non moins brillantes études d'histoire de l'art contemporain ? Le sire de Courtenay n'en espérait pas moins de son fils unique. Par ailleurs, Mademoiselle sa fille, sœur jumelle d'Eddy, ne préparait-elle pas son entrée au Conservatoire ? Les Courtenay avaient toujours eu une culture et une éducation impeccables. Le marquis avait l'intention ferme de voir cette tradition se perpétuer. Que faire d'autre, dans cette ancienne colonie, perdu au milieu d'une bande de « sauvages », sinon étudier ? Voilà ce qu'avait pensé le père d'Eddy avant d'envoyer en exil l'un des descendants des plus vaillants chevaliers de France.

À son arrivée en Afrique, Eddy avait été choqué par tant de misère, de pauvreté, de saleté. Et quelle chaleur écrasante, inhumaine ! Ce soleil, qui brillait de tous ses feux, voulait-il provoquer le monde en mettant en lumière cette Afrique misérable ? Il en éclairait la moindre parcelle, pour ne rien en laisser dans l'ombre. Il tenait à ce que les hommes contemplent leur œuvre, le fruit de leur cupidité, de leur méchanceté, de leur avarice. Et celui, plus amer encore, de leur inconscience. L'Afrique, la vraie, l'authentique, celle des fiers guerriers mandings, hutus, tutsis, zoulous — pour n'en citer que quelques-uns — était devenue méconnaissable. Ce n'était plus que l'Afrique du tiers-monde, de l'errance, des rêves de splendeur et des espoirs avortés. L'Afrique des hommes sans foi ni loi, livrée aux rapaces du monde politique. Un continent noir, dépendant des continents blancs. L'Afrique bafouée, piétinée, n'était plus qu'un puzzle détruit, une terre morcelée, sans passé et sans avenir. Mais elle ne laissait personne indifférent : c'était la haine ou l'amour. Eddy avait choisi l'amour, guidé inconsciemment par Kouty. Il s'était laissé émouvoir par la chaleur humaine, la bonté, et surtout la gaieté des pauvres habitants du Mali. Il ne s'expliquait pas comment ces gens si démunis, qui menaient un combat quotidien pour se vêtir, se nourrir, se loger, pouvaient se montrer aussi vivants, optimistes, et croyants. Ici, tout prenait une autre dimension, une saveur particulière ; on n'avait pas les mêmes références.

Le jeune homme se rendit au « Mouton Blanc » à l'heure convenue. Quand il arriva, Kouty était déjà prête et elle l'attendait sur la terrasse en compagnie de ses « deux mères ».

« Tu es exceptionnelle, dit-il en embrassant Kouty après avoir salué Marceline et Odile. D'habitude, les filles mettent un temps fou à choisir leur tenue et elles sont toujours en retard.

— Eh bien, moi, je n'ai pas ce problème. Efficacité, simplicité !

— Je ne m'en plains pas ! Tu es belle à ravir ! » dit-il en contemplant son amie.

Elle était vêtue de rouge, de la tête aux pieds. Des ballerines, un pantalon, une chemise et un bandeau dans les cheveux. Même le foulard qu'elle portait autour du cou était rouge.

« Amusez-vous bien, les enfants ! dirent en chœur Marceline et Odile.

— Et surtout, ne forcez pas sur la bouteille ! ajouta Odile. Attention, tu conduis ! Gare au champagne ! »

« Mais tu n'as pas besoin de prendre ta bécane ! Je suis venu te chercher, je te ramènerai. »

La jeune fille, qui avait déjà enfourché sa Mobylette, répondit du tac au tac :

« Écoute, dit-elle, en regardant Eddy droit dans les yeux, et sans amabilité aucune, j'ai décidé d'aller à cette fête par mes propres moyens, un point c'est tout.

— Je voulais juste que tu saches que ça m'aurait fait plaisir de te raccompagner, en plus, ce sera tard.

— Eddy, je t'en prie, laisse-moi un peu respirer. Je déteste qu'on me colle aux fesses. Je suis assez grande pour prendre mes décisions, et en général, on me respecte sur ce point.

— O.K. ! Ça va, on va pas en parler des heures.

— Voilà !

— Ce qui est sûr, c'est qu'avec toi on n'a jamais le dernier mot.

— Très bien, tu as compris. Une bonne fois pour toutes.

— Tu es prête, ma tête de mule adorée ? » cria-t-il en démarrant.

Kouty sourit, baissa la visière de son casque et répondit par un geste du pouce. Dix minutes plus tard, en roulant côte à côte, ils arrivèrent au domicile de l'oncle Jean.

La maison était en fête. Les lampes du jardin étaient allumées, des guirlandes d'ampoules multicolores étaient accrochées aux branches des arbres. Kouty retrouva presque tous ceux qui avaient assisté à son anniversaire. Il y avait aussi les Blancs, ceux qui semblaient avoir peur de se noircir au contact des gens du pays ; des jeunes qui ne fréquentaient que ceux de leur race, qu'ils considéraient comme la seule espèce humaine digne de ce nom. Un choix en général dicté par leurs parents. On ne laissera donc jamais les enfants choisir librement, aimer et haïr librement, sans avoir à reproduire à l'infini l'amour et la haine que leurs pères et le père de leurs pères ont ressentis ? Les sentiments feraient donc partie de l'héritage ? Les humains sont mesquins. Plusieurs des jeunes filles présentes à la fête avaient des vues sur Eddy. En particulier Joanne, une rousse aux yeux verts. Elle était très jolie et avait la réputation de parvenir toujours à ses fins. Kouty n'avait pas invité Joanne. Entre elles deux, l'indifférence avait fait place à la guerre froide depuis qu'Eddy affichait sa préférence pour Kouty.

Joanne avait une amie, Claire, qui appréciait la bonne chère et ne manquait pas d'humour. Les deux amies étaient inséparables.

« Tu as vu, murmura Joanne à l'oreille de Claire, en désignant le couple qui ouvrait le bal au son de la voix de Marvin Gaye. Il ne se cache même plus ! Tu te rends compte, avec le rang qu'il occupe, il ose s'exhiber avec une négresse !

— Avoue que t'aimerais bien être à la place de la négresse, comme tu dis. N'est-ce pas, ma puce ?

— Oh, toi et tes plaisanteries de mauvais goût ! Tu ne vas quand même pas me comparer à cette… fille ! Si les parents d'Eddy savaient ! Et son oncle qui ne dit rien !

— Ma pauvre ! Bien sûr que ses parents seraient scandalisés. Mais si tu imagines que la marquise de Courtenay verrait d'un bon œil son fils fréquenter une roturière comme toi… À la rigueur, pour faire ses griffes, peut-être. Pour apprendre à devenir un homme. Pour divertir le prince… mais rien de plus.

— Ne fais pas l'idiote ! On n'est plus au dix-neuvième siècle ! Tu devrais te tenir au courant, ma vieille, les choses ont changé ! Aujourd'hui, il y a plein de nobles qui épousent des femmes riches et belles, même si elles ne sont pas du même monde !

— Des femmes comme toi, tu veux dire, c'est ça ?

— Exactement.

— Eh bien, dis-toi bien que les Courtenay ne sont pas comme les autres. Il n'y a jamais eu que des nobles dans leur famille. Ma mère s'intéresse à l'histoire de France, tu sais, et elle est formelle là-dessus.

— Qu'est-ce que tu es bête ! J'ai quinze ans. Ce que je veux, moi, c'est sortir avec Eddy. Et il y a longtemps que ce serait fait s'il n'y avait pas cette cocotte ! Mais ça va se faire, tu vas voir.

— Bon courage, alors », conclut Claire, avant de rejoindre le buffet, son lieu de prédilection.

La soirée se passait bien. Le champagne aidant, plus le temps passait, plus les gens se découvraient des talents de chanteur. On commençait à ne plus entendre la musique, recouverte par les voix. Mais l'ambiance était joyeuse et ça ne dérangeait personne. Seule Kouty semblait se préoccuper de l'heure. Elle n'avait pas prévu qu'Eddy ne danserait qu'avec elle et resterait à ses côtés même quand elle prétendait être fatiguée. C'était un vrai gentleman, mais il fallait qu'elle s'en débarrasse coûte que coûte.

« Eddy, je ne me sens pas bien, fit-elle à la fin d'une danse.

— Qu'est-ce que tu as ? dit-il en lui posant la main sur la tempe. On va aller voir dans l'armoire à pharmacie de mon oncle.

— Merci, non, ce n'est pas la peine. C'est un malaise très féminin. Il n'y aura sûrement pas de remède à ça dans une maison habitée par des hommes. Je vais aller à la pharmacie du quartier.

— Mais il n'en est pas question ! Dis-moi ce qu'il te faut et je vais y aller.

— Eddy, c'est très gentil de te faire du souci pour moi, mais il n'y a vraiment pas de quoi. La pharmacie est tout près et tu sais bien que, dans le quartier, toutes les maisons sont surveillées.

— Oui, mais il est tard. Si tu tiens à y aller, je viens avec toi.

— Eddy, je t'en prie !

— Et si tu as un malaise ?

— Eddy !

— O.K. ! J'ai compris. Je vais laisser ma petite amie partir seule... »

Kouty releva l'expression d'un air étonné.

« Je voulais dire ma meilleure amie... En plein milieu de la nuit, pour aller s'acheter un médicament, bon sang, mais c'est logique, n'est-ce pas ? C'est à la mode ! »

Kouty ne put s'empêcher de sourire. Décidément, ce garçon l'amusait beaucoup.

« Je peux au moins t'accompagner jusqu'à ta Mobylette ? dit-il.

— Non, c'est inutile », répondit-elle avec malice, en apercevant Joanne qui les observait de loin. Et elle prit Eddy par la main pour le conduire vers la jeune rousse.

« Joanne, ma belle, je te le confie. »

Puis elle s'enfuit en courant vers la sortie, les laissant tous deux sans voix.

En enfourchant sa Mobylette, Kouty eut une petite pensée émue envers la pauvre Claire qui aurait à subir les lamentations de Joanne après le bon tour qu'elle venait de lui jouer. Mais en s'engageant sur le chemin qui la conduirait, à travers le petit bois, jusqu'au tas de pierres qu'elle avait laborieusement construit jour après jour, elle oublia tous ceux qu'elle venait de quitter.

Elle cacha son véhicule dans des fourrés, enfila des gants et une cagoule noire qu'elle avait rangés dans son sac rouge. Elle retira également de son sac un couteau de cuisine et le pistolet qu'elle avait acheté dix jours auparavant. Puis elle s'approcha du tas de pierres qu'elle débarrassa des branches mortes qui lui servaient de camouflage, regarda sa montre et tendit l'oreille. Il était minuit moins cinq et elle entendit le ronronnement du moteur de la voiture de son ennemi. Il était à l'heure, comme toujours. Alors, la jeune fille trancha d'un coup de couteau la corde qui retenait les pierres et celles-ci s'écroulèrent en roulant sur la route, barrant le passage. Il ne restait plus qu'à attendre. Ce qu'elle fit, cachée dans les broussailles, tout son être absorbé, guettant le moindre bruit. À cette heure tardive, la route, bordée de grands arbres, était déserte et sombre. La seule lueur qui trouait l'obscurité, c'était la lumière des phares de la voiture qui s'approchait à vive allure. Kouty, tapie derrière un arbre, observa l'évolution des choses. Le véhicule ralentit, puis s'arrêta. Le chauffeur et son maître échangèrent quelques phrases. Kouty attendait, un sourire mauvais sur le visage. Le chauffeur sortit et s'avança prudemment vers le tas de pierres qui barrait la route. Il se retourna vers son maître resté à l'intérieur de la voiture et lui déclara qu'il n'y en aurait pas pour longtemps à dégager le passage. Puis il commença à débarrasser la route des pierres qui l'encombraient. Kouty choisit ce moment pour s'approcher furtivement de la portière, du côté où le Targui était assis. Par la vitre ouverte, elle introduisit le canon du pistolet qu'elle tenait à deux mains. Fermement, et sans le moindre tremblement. L'homme écarquilla les yeux, saisi d'abord par la surprise, puis par l'angoisse quand il eut identifié l'objet braqué sur sa tempe. Prévenant sa réaction, avant qu'il n'ait eu le temps d'appeler au secours, Kouty arma son pistolet.

« Pas de geste brusque, et surtout pas un cri, dit-elle. Je hais le bruit, pas vous ?

— Mais, bégaya-t-il, qu'est-ce que vous me voulez ?

— Ouvrez la bouche.

— Mais…

— Ouvrez la bouche, je vous dis, je n'ai pas de temps à perdre. »

Elle s'exprimait avec rage et précipitation, mais sans lever le ton, ce qui ne la rendait que plus persuasive. Elle était étonnée de se sentir si calme.

Kouty enfonça le canon de l'arme dans la bouche grande ouverte du Targui, cette même bouche qui avait ordonné la mise à mort de tous les siens, lui dérobant à jamais le bonheur simple dû à tous les enfants de la terre, celui de posséder une famille, d'avoir la protection d'un père, la chaleur d'une mère, la tendresse d'un petit frère, ce petit être qui méritait de découvrir le monde. Mais il avait suffi de bien peu pour effacer tout ça : il avait suffi d'un homme, celui-là. Cet homme qui maintenant coulait de sueur et dont les dents claquaient sur le canon du pistolet. Pitoyable spectacle ! La jeune fille voulait en finir au plus vite. Elle avait pensé qu'elle se présenterait à lui avant de tirer, mais à quoi bon, il n'en valait pas la peine. Cet être qui se montrait démuni avait perdu son arrogance et sa fierté, et il la dégoûtait. Il avait même mouillé son siège, ce qui expliquait l'odeur âcre qui émanait de l'intérieur de la voiture. Néanmoins, Kouty, juste avant de tirer, souleva sa cagoule, découvrit son visage à sa victime, déjà morte de peur, et lui dit :

« Adieu, cher tonton Attaher. »

Le coup fit exploser la tête de l'homme et projeta son corps sur la banquette. Le bruit fit sursauter le chauffeur qui resta suspendu, immobile, une grosse pierre dans les mains. Puis, laissant tomber son fardeau, il se retourna et s'élança vers le véhicule. Ces quelques secondes d'indécision avaient suffi à la jeune fille pour rejoindre sa cachette derrière les arbres. Intrigué par le silence qui suivait la détonation, l'homme fit le tour de la voiture. Puis, assuré qu'il était seul, il ouvrit l'une des portières arrière. Le corps de l'homme mort, qui était appuyé contre cette portière, s'écroula dans les bras du chauffeur, qui ne put que constater les faits. La tête d'Attaher n'était plus qu'une plaie béante, d'où s'échappait encore du sang chaud. Sa cervelle avait éclaté partout, maculant les sièges et les vitres. Un œil, jailli de son orbite, pendait lamentablement sur sa joue droite. Le chauffeur, horrifié, retira ses mains poisseuses, pleines de sang. Pris de panique, il invoqua Allah, démarra précipitamment, fonça en heurtant quelques pierres au passage, avec une seule idée en tête : fuir ce lieu maudit. Il fila à tombeau ouvert, le cadavre de son maître écroulé sur le siège arrière.

Eddy se débarrassa rapidement de Joanne quand il s'aperçut, par la baie vitrée du salon, que Kouty ne prenait pas la direction de la pharmacie. Intrigué, le jeune homme hésita un instant puis s'élança à son tour vers la majestueuse entrée de la villa. Il voulait en avoir le cœur net. Kouty était un mystère pour lui. Il ne connaissait rien de sa vie, à part ce que tout le monde en savait. Qu'elle était adoptée, par exemple. Mais Eddy ne se doutait pas que Victor, Marceline et Odile, ignoraient eux-mêmes sa véritable identité et son origine. Le garçon hésita encore avant de démarrer. Avait-il le droit, même en étant animé comme il l'était des meilleurs sentiments, d'empiéter ainsi sur la vie de cette jeune fille ? Mais il se sentait tellement concerné ! Et cela lui permettrait de lever le voile sur la personnalité de son amie. Il s'engagea donc sur le chemin qu'elle avait emprunté tout à l'heure. La puissance de sa moto étant nettement supérieure à celle du véhicule qu'il prenait en filature, il fut obligé de rouler à petite vitesse et de s'arrêter très souvent. C'est au cours d'un de ces arrêts qu'il vit passer une voiture noire dont il releva machinalement le numéro minéralogique.

Depuis quelques instants déjà, il n'entendait plus le moteur de la Mobylette de Kouty. Il en déduisit que la jeune fille s'était arrêtée, mais vu l'écart qu'il avait laissé entre eux, il ne pouvait savoir où elle était exactement. S'il allumait son phare, il se ferait repérer. Tout était très sombre autour de lui. Il gara sa moto à l'abri et s'en alla à pied. Il avait déjà parcouru une bonne distance, quand il entendit un bruit sourd, amplifié par le silence nocturne. Un coup de feu ! Eddy aurait juré qu'il s'agissait d'un coup de feu. Et Kouty se trouvait dans la zone d'où il provenait. Le sang du jeune homme ne fit qu'un tour. Il se mit à courir à toute vitesse. Mais il arriva au moment où la voiture, qu'il avait croisée tout à l'heure, disparaissait dans l'obscurité. Seul, affolé, perdu dans le noir, Eddy hurla le nom de son amie, zigzaguant sur la route comme un homme saoul. Ivre d'angoisse. Cela dura à peine quelques secondes, qui parurent une éternité. Kouty l'entendait, elle était bien là, elle voyait Eddy. Mais elle ne répondit pas. Enfin, il disparut dans la nuit en courant. Il se rua sur sa moto, fonça à la villa en faisant un détour pour voir si la Mobylette de Kouty était garée dans la cour du « Mouton Blanc ». Puis il retourna dans la villa de son oncle pour interroger précipitamment tout le monde à propos de la jeune fille disparue. Anxieux, dévoré d'inquiétude, il s'installa ensuite sur les marches du perron, les yeux rivés sur le portail d'entrée, se demandant ce qu'il devait faire, espérant voir Kouty apparaître enfin pour calmer cette angoisse qui grandissait en lui.

« Claire, tu as vu, ça fait cinq bonnes minutes qu'il est là en train de guetter l'entrée de la villa », dit Joanne.

Les deux jeunes filles, l'une par curiosité et l'autre par dépit, avaient pris place au balcon au-dessus du perron. Elles avaient suivi tous les mouvements du jeune homme depuis son arrivée.

« Il pourrait s'occuper de ses invités, au lieu de rester planté là, à attendre sa greluche, poursuivit-elle.

— Ça va, personne ne s'en plaint. Tout le monde s'amuse. Et puis, on n'y peut rien. Alors, si ça te chante, t'as qu'à rester là. C'est ton problème. Moi, je vais manger un petit truc, répondit Claire en s'empressant vers le buffet.

— C'est ça, va, grosse patate ! »

Habituée à ce genre de réflexion, Claire ne répliqua pas. Vite, elle se retrouva de l'autre côté de la salle, près du buffet. À ce moment-là, Kouty fit son entrée. Elle avait eu à peine le temps de poser le pied à terre que déjà Eddy la soulevait dans ses bras. Il s'était précipité en moins de temps qu'il n'en faut pour le dire. Il avait, en un clin d'œil, dévalé les marches du perron et parcouru la longue distance qui le séparait de l'entrée de la villa. Kouty était saine et sauve, il la serra très fort contre lui. Son angoisse s'était transformée en joie. Quel soulagement !

« Dieu merci ! Tu n'as pas de mal ! »

Certes, Kouty comprenait bien l'émotion de son ami. Elle l'avait vu souffrir pour elle. Elle était émue elle-même de le voir dans cet état. Mais elle décida de continuer à jouer le jeu. Ils avaient tous les deux quelque chose à cacher. Mais elle savait qu'il ne l'avait pas vue tirer. Sinon, il ne l'aurait pas accueillie comme ça.

« Mais qu'est-ce qui se passe ? Eddy, pourquoi es-tu dans cet état ?

— Tu es restée absente si longtemps... Je croyais que tu avais eu des problèmes.

— Mais... J'ai été absente vingt-cinq minutes à peine !

— Oui, mais ça m'a semblé si long... Kouty, je ne te laisserai plus jamais sortir tard dans la nuit. J'espère au moins que tu as trouvé ce que tu cherchais.

— Oh oui, sans problème, Eddy, j'ai trouvé. Tout va bien. »

Qu'elle mente et qu'il le sache, cela n'avait aucune importance. Pour Eddy, l'essentiel était qu'elle fût en bonne santé. Qu'elle se trouvât là, maintenant, avec lui, et que, pour la première fois, elle ne tentât pas de se dégager de son étreinte. Il réalisait la place qu'elle avait prise dans sa vie, et il se sentait revivre. Après ce cauchemar ! Ce temps, interminable, qui s'était écoulé entre le coup de feu et son retour. Un moment qu'il n'oublierait jamais.

Un bruit de cristal brisé attira alors leur attention.

Joanne venait d'assister à la scène des retrouvailles et avait apaisé son courroux en balançant son verre du haut du balcon. Puis elle s'était enfuie à la recherche de Claire. Kouty et Eddy, en riant, entrèrent dans la grande salle, main dans la main. Et ils se mirent à danser, tout naturellement, sur la musique de la chanson de Marc Lavoine, *Les Yeux revolver*. En dansant, Kouty se regardait dans le grand miroir qui lui faisait face. C'était bien elle, toujours elle. Elle n'avait pas changé. Sauf, peut-être, cette petite flamme qui scintillait au fond de ses yeux, reflet de la satisfaction qu'elle ressentait d'avoir enfin pu commencer à accomplir son projet. Tous les matins, depuis six ans, depuis le 6 mars 1984, elle se promettait d'y parvenir. Quelle patience, mon Dieu ! Bon, ça en faisait un de moins, c'est vrai, mais seulement un. Kouty ferma les yeux, faisant le vide dans sa tête, et elle se donna tout entière à la musique. Elle penserait plus tard aux autres, et en priorité au Targui en poste à Dakar.

6

Le lendemain matin, à l'heure du petit déjeuner, Kouty descendit au rez-de-chaussée, dans la cuisine, où elle trouva Odile et Marceline en grande conversation et surexcitées. Elles commentaient la mort de l'un de leurs clients, assassiné dans une embuscade, la veille au soir, sur le chemin conduisant à son domicile, juste après avoir quitté le « Mouton Blanc ».

« Ma chérie, dit Odile, quand Kouty entra dans la pièce, on vient d'apprendre la mort d'un client.

— Hélas ! Tu sais, il s'agit d'Attaher, ce Targui qui venait un soir sur deux, un homme grand et maigre... Il serait tombé dans un guet-apens, en revenant chez lui après avoir dîné ici. Et pris une cuite, comme d'habitude... précisa Marceline.

— La police vient de partir, ils sont venus nous l'annoncer.

— Mais je ne veux pas que ça te coupe l'appétit, ma belle. Viens, assieds-toi, je vais te donner du lait chaud, un grand bol, et tes brioches préférées », fit Marceline en s'agitant.

Kouty se laissa faire sans se faire prier. Elle avait très faim. Et elle avala ses brioches avec gourmandise.

Le meurtre ouvrirait donc l'appétit !

« Cette ville devient dangereuse. Il faut combattre ça par tous les moyens, dit Odile.

— Oui, surtout, n'est-ce pas, si on ose s'attaquer à vos meilleurs clients !

— Seigneur Jésus, pardonnez-lui, s'exclama Odile, les yeux au ciel. Comment tu fais pour plaisanter dans des moments pareils ? ajouta-t-elle, à l'adresse de la pécheresse. Il s'agit de la vie d'un homme, et d'un homme que nous connaissons bien !

— Arrête, Odile, intervint Marceline. Ne prends pas tout au tragique ! C'est une enfant. Elle ne se rend pas compte de la gravité des choses. »

Pour éviter toute polémique, Kouty pensa qu'il valait mieux présenter ses excuses.

« Pardonne-moi, tante Odile, dit-elle, j'avoue que le moment est mal choisi pour plaisanter, bien que je ne connaisse pas la personne dont vous parlez. Mais je suis d'accord avec toi, Bamako est infesté de bandits. C'est un fléau.

— C'est sûr, ma chérie », dit Marceline.

Et, s'adressant à Odile :

« Tu vois, c'est un trésor, cette jeune fille. Et puis, arrêtons de parler de cette affaire. Kouty, raconte-nous ta soirée. »

La jeune fille fit alors le récit de la fête, en passant sous silence son escapade nocturne. Elle ne se sentait plus du tout concernée par ce qu'il serait désormais convenu d'appeler l'affaire Attaher. Un crime qui paraîtrait dans la rubrique des chiens écrasés.

L'affaire en question fit la une de l'hebdo *KABAKO*, et, durant plusieurs jours, alimenta les conversations de l'entourage de Kouty. Les policiers chargés de l'enquête sur la mort du Targui firent plusieurs fois irruption au « Mouton Blanc », pour interroger tout le monde. La même question revenait sans cesse. S'était-il passé quelque chose d'anormal le soir du crime ?

Eddy se trouvait là quand Kouty fut interrogée. Il fut étonné de constater que la jeune fille ne parla pas du coup de feu qu'en principe elle aurait dû entendre puisqu'elle se trouvait près du lieu du crime. Eddy n'avait plus de doute : elle avait quelque chose à cacher. Kouty n'évoqua pas son escapade. Elle se contenta de dire qu'elle était à la fête avec les autres. Son sang-froid inquiéta Eddy. Mais il garda le silence. Il se sentait gêné de cacher la vérité, d'autant plus qu'il y avait mort d'homme. Mais il ne voulait ni ne pouvait causer de tort à son amie. Il était décidé à l'aider, sans savoir clairement où tout cela pourrait le mener. Il sentait confusément que la jeune fille avait besoin d'aide. Elle réagissait comme un animal blessé. Et Eddy était prêt à tous les sacrifices pour aider Kouty à panser ses plaies.

L'enquête policière s'orienta rapidement vers le crime crapuleux. Tous les éléments concouraient à soutenir la thèse. Le barrage sur la route, le portefeuille disparu. Mais il y avait quelques points obscurs. Pourquoi les meurtriers n'avaient-ils pas, par exemple, volé la voiture ?

Pour expliquer ces éléments, la police avait fait l'hypothèse qu'il s'agissait d'un meurtre commis par un homme seul, un petit malfrat sans ambition, ou qui, tout simplement, ne savait pas conduire. L'autre problème, c'était le chauffeur. Pourquoi était-il resté sain et sauf ? Pourquoi n'avait-il même pas été agressé ? Sans doute est-ce que le meurtrier avait jugé qu'il ne constituait pas une menace. À moins qu'il ne soit complice. Mais cette hypothèse-là fut vite éliminée. Le chauffeur était un homme au-dessus de tout soupçon. Il appartenait en effet à la caste des Belhas, esclaves des Touareg depuis plusieurs générations et dévoués corps et âme à cette tribu. Pour un Targui, un Belha faisait partie des biens, de l'héritage. Comment un tel homme aurait-il pu concevoir l'idée de trahir son maître auquel il appartenait, ainsi que toute sa famille, depuis plusieurs générations ? Au contraire. Il était trop honoré, trop fier d'être le chauffeur de ce maître.

Depuis deux semaines, Kouty était en vacances. Période tant attendue par tous les expatriés de sa classe qui pouvaient à cette occasion rentrer chez eux pour un ou deux mois. Tous, sauf Eddy, interdit de séjour en France tant qu'il n'aurait pas obtenu son diplôme de fin d'études secondaires. Madame de Courtenay avait bien essayé de plaider la cause de son fils, mais en vain. Monsieur le marquis restait intraitable. Il jugeait qu'il avait assez subi le comportement de ce garnement. Cependant, le garçon avait tous les moyens pour se rendre ailleurs, n'importe où dans le monde. On ne pouvait pas négliger le fait que les voyages forment la jeunesse. Même les jeunes sots. La punition d'Édouard de Courtenay était donc tempérée. Au cours de cette année scolaire 1990, Eddy avait pensé profiter de ses vacances pour aller au Kenya participer à un safari-photo dont son tuteur lui avait beaucoup parlé. Le jeune homme était fasciné par les films que l'oncle en avait rapportés. Le spectacle de la nature et des animaux sauvages était grandiose. Mais un nouvel élément était intervenu : Kouty avait laissé entendre qu'elle serait prête à partir à Dakar pendant quinze jours en sa compagnie. Eddy avait déjà visité cette ville, au cours de précédentes vacances. Mais c'était sans importance. Avec Kouty, ce serait si différent. Et après réflexion, il s'était dit qu'il y avait certainement des choses à découvrir encore dans cette belle capitale côtière. En se disant qu'il valait mieux battre le fer quand il est chaud, Eddy se fit fort de rallier son oncle à leur cause. Jean de Soultrait, homme estimé de Marceline et d'Odile, reçut pour mission de convaincre les deux femmes de tous les bienfaits que ce voyage pourrait procurer à Kouty. Le colonel n'eut aucun mal à obtenir leur accord.

Les Lenormand qui hébergeaient les deux adolescents étaient de vieux amis du colonel. Madame Lenormand était une grande femme, plate et sèche. Ses cheveux poivre et sel, taillés sur la nuque, retombaient en frange sur le front, frôlant le haut de ses lunettes de soleil rondes. Sa peau, qui ressemblait à du parchemin, était constellée de taches brunes. Elle était philatéliste à ses heures perdues et se passionnait aussi pour les fleurs, dont le jardin de la villa était envahi. Monsieur Lenormand, avec ses lunettes de myope et ses cheveux gras, ressemblait à Gepetto, créateur et père de Pinocchio. Il adorait le bricolage, et, habile de ses mains, il s'était construit près du garage un petit atelier où il passait le plus clair de son temps à fabriquer des objets inutiles. Ce couple d'instituteurs retraités de l'école française de Dakar abordait sereinement le troisième âge. Ils avaient deux grands enfants qui avaient choisi d'aller vivre en Europe. Kouty et Eddy occuperaient donc leurs chambres. Monsieur et madame Lenormand habitaient au bord de la mer, dans une villa blanche ; ils avaient trois domestiques qui rentraient chez eux le soir, dans des habitations sales, au cœur d'un des nombreux bidonvilles du coin. Qui a dit que « Charité bien ordonnée commence par soi-même » ?

7

Eddy était heureux : Kouty occupait une chambre contiguë à la sienne, les fenêtres donnaient sur la mer, la gentillesse de leurs hôtes était absolue. Bref, cela promettait de belles journées dans le pays des Ouolofs. Le jeune homme ne tarda pourtant pas à déchanter. Car nul n'est en mesure de prévoir ce que lui réserve l'existence. Et il est rare que les choses se passent comme on les avait prévues ou rêvées. Bien vite après leur arrivée, Kouty commença à sortir seule, et à refuser les invitations de son ami. Elle disparaissait ainsi des heures entières dans la matinée et gardait le silence sur ses occupations.

En fait, elle passait son temps à rôder autour de l'ambassade du Mali. Bientôt, elle en connut tout le personnel. Ce qui l'intéressait en particulier, c'était le personnel touareg. Sur la liste, elle recensa quatre hommes appartenant à cette ethnie, dont deux conseillers. Ignorant le nom de l'homme qu'elle recherchait, Kouty prit rendez-vous avec les deux, sous le même prétexte : la perte de son passeport.

Le premier conseiller qui la reçut s'appelait Elmheïdy ag Mahamadin. Il lui fit rédiger une déclaration de perte et remplir plusieurs formulaires. Pendant l'entretien, Kouty observa son interlocuteur. D'un abord courtois, il ne lui évoquait rien ni personne. Elle quitta donc le bureau de l'homme, convaincue de ne l'avoir jamais vu. Elle se mit alors en quête du second conseiller et se dirigea vers son bureau. Dès qu'elle y fut arrivée, elle remarqua un homme qui en sortait. La silhouette, à quelques pas d'elle, occupée à verrouiller la porte, lui parut familière. C'était un homme de grande taille, beau, avec une peau claire, des cheveux lisses et très noirs. Sur la porte qu'il était en train de fermer à clef, on pouvait lire, en lettres dorées gravées sur une plaque de marbre noir : « Maître Zahiby ag Mustapha, conseiller juridique. »

L'homme se retourna et faillit se cogner contre la jeune fille. Il lui présenta des excuses. Paralysée, Kouty ne put articuler la moindre syllabe, vu la sensation d'angoisse qu'elle éprouvait, semblable à celle qui l'avait occupée durant des jours, six ans auparavant. À cet instant, Kouty redevint une enfant sans défense. Elle se réfugia dans la pièce la plus proche, face à elle. Elle eut envie soudain de fuir cet endroit. Comme il arrive que le hasard fasse bien les choses, la jeune fille se retrouva alors dans une salle d'attente, déserte à cette heure. À bout de souffle, comme un athlète après une dure épreuve, elle s'adossa à la porte qu'elle venait de refermer derrière elle, cherchant à chasser de sa pensée tous les souvenirs encore vivaces et terribles qui l'assaillaient. Mais on ne peut pas échapper à soi-même, on ne peut pas lutter contre la mémoire. Elle revoyait ces images horribles, défilant à toute allure, ce crâne fracassé. Un crâne d'enfant. Le crâne d'un enfant tué comme un chat de gouttière. Kouty se retrouvait dans un cauchemar, rejetée dans son passé, en plein cœur d'un meurtre, dans une petite concession de Gao. En gros plan, projetée par son imaginaire sur le mur d'en face, une main blanche tenait un couteau dont la lame pénétrait la chair de son père, à la naissance du cou. Elle vit à nouveau le sang jaillir de la blessure béante, la vie s'échapper du regard de son père, et ce regard mort. Elle entendit alors retentir dans sa mémoire le rire bestial et satisfait de l'assassin. La jeune fille se sentit atteinte d'une douleur fulgurante. Cette scène lui réapparaissait avec une telle force et une telle précision que tout son être en tremblait. Il ne faisait aucun doute que l'homme croisé dans le couloir tout à l'heure était bien le colonel targui, chef de la bande de Touareg qui avaient fait irruption dans la vie des Tall un jour de l'année 1984, avaient fait basculer tous ces êtres chers dans la mort, avaient semé la terreur et le désespoir là où se cultivaient le bonheur et l'espoir.

Progressivement, Kouty reprit ses esprits et retrouva son sang-froid coutumier. Maintenant que la proie était identifiée, il fallait agir vite. La jeune fille se rendit à la cafétéria proche de l'ambassade, forum de rencontre des étudiants maliens en difficulté, aux prises avec leurs représentants et la lenteur administrative. Dans ce lieu donc, les conversations allaient bon train. Les jeunes gens parlaient haut et fort, en particulier de leur vie quotidienne encombrée de problèmes. Ils se plaignaient aussi beaucoup de l'enseignement qu'ils recevaient et des conditions d'accueil, des professeurs, dont chacun s'acharnait à démontrer que les siens étaient les pires. Puis on en venait au personnel de l'ambassade, tous individus confondus, de Son Excellence plénipotentiaire jusqu'au plus humble des cuisiniers. Lors de ces rencontres d'étudiants, le scénario était toujours le même, seuls les interprètes changeaient. Kouty avait découvert ce lieu depuis plusieurs jours et c'est en connaissance de cause qu'elle s'y rendit ce matin-là. Elle se mêla au groupe et glissa le nom de Zahiby dans la conversation. Elle apprit alors que le conseiller en question était marié et père de quatre enfants, et appréciait fort la grâce féminine. On lui cita le nom d'un bon nombre d'étudiantes soupçonnées de ne pas être passées seulement dans le bureau du beau monsieur, considéré comme le Casanova de l'ambassade. Tiens, ce serait donc un play-boy célèbre, se dit Kouty. Voilà qui pourrait faciliter les choses. Les jeunes gens, bavards et indiscrets, allèrent même jusqu'à lui indiquer une liste de boîtes de nuit que le don juan fréquentait en galante compagnie. Ces informations ne tombaient pas dans l'oreille d'un sourd.

Après ces événements, Kouty sortit tous les jours en compagnie d'Eddy, à la grande joie du jeune homme. Mais il était de plus en plus intrigué d'entendre, pendant la nuit, la jeune fille sortir de la maison sur la pointe des pieds.

Une nuit, comme les six précédentes, Kouty mit sa tenue la plus aguichante. Une minirobe sans manches de chez Carré, multicolore, avec des motifs orientaux, très décolletée et moulante, qui mettait en valeur le noir sublime de sa peau. Ses longues jambes étaient nues et elle était chaussée d'espadrilles mauves, assorties à son petit sac. Puis elle se dirigea vers la porte, tendant l'oreille, à l'affût du moindre bruit. Elle se méfiait d'Eddy qui n'avait pas hésité une nuit à la suivre, la nuit du premier meurtre. Il suffisait souvent qu'elle mette le pied hors de sa chambre pour tomber nez à nez avec lui. Il surgissait comme un diable hors d'une boîte.

Elle se résolut enfin à ouvrir sa porte et à se faufiler jusqu'à la porte de sortie en traversant le couloir. À peine fut-elle sortie que le jeune homme en fit autant. Il monta dans la voiture que les Lenormand avaient mise à sa disposition et prit en filature le taxi à bord duquel la jeune fille se trouvait. Comme les nuits précédentes, Kouty se fit conduire dans l'une des discothèques indiquées par les étudiants. À la grande surprise d'Eddy qui l'attendait à l'extérieur, elle ressortit de l'établissement quelques minutes plus tard, prit un nouveau taxi et recommença le même scénario. À la troisième discothèque, le garçon avait compris que Kouty cherchait quelqu'un, et, après un quart d'heure d'attente, ne la voyant pas revenir, il se décida à entrer. Il repéra immédiatement la jeune fille sur la piste de danse. Eddy ne l'avait jamais vue comme ça. Elle se trémoussait sous les projecteurs, les cheveux lâchés, provocante. Il remarqua que, à plusieurs reprises, elle donna des petits coups de coude dans le dos de l'homme qui dansait derrière elle. Le danseur se retourna pour protester, mais quand il découvrit la responsable, il sourit et s'excusa d'un geste. Ainsi, tout naturellement, ils se retournèrent pour danser ensemble. En galant homme, le cavalier la reconduisit à sa table. La jeune fille était seule, la place près d'elle était restée libre et Zahiby — car c'était lui, bien sûr — se proposa de l'occuper. Kouty accepta sans résistance. Aucun détail de la scène n'avait échappé à Eddy. Le comportement de son amie l'intriguait au plus haut degré. Aurait-elle parcouru les discothèques de la ville simplement pour provoquer une rencontre avec un inconnu ? Serait-elle tombée amoureuse de cet homme qu'elle venait à peine de rencontrer ? En tout cas, Eddy était sûr d'une chose : c'est que la jeune fille déployait tout son charme — et Dieu sait qu'elle en avait ! — pour séduire ce monsieur. Et à en juger par les regards qu'il avait pour elle, elle était déjà parvenue à ses fins. Troublé et choqué par cet aspect du caractère de Kouty, qu'il n'avait jamais perçu auparavant en elle, et jaloux de la voir près de cet inconnu, Eddy décida de rentrer à la villa.

Commença alors une longue semaine d'épreuves pour le jeune homme. Il ne voyait presque plus son amie. Elle passait toutes ses soirées en ville, en compagnie de sa récente conquête. Eddy, lui, sortait seul pendant toute la journée pour ne plus la voir. Il était jaloux au point d'en éprouver une douleur physique, il avait perdu le sommeil et l'appétit. Il décida donc d'écourter ses vacances. Soit la jeune fille, qui était son invitée, accepterait de rentrer avec lui, et tout redeviendrait comme avant. Soit elle déciderait de rester jusqu'à la fin des vacances, en compagnie de son amoureux, et cela prouverait que la relation en question était importante, et le jeune homme perdrait tout espoir.

Le soir de sa décision, à l'heure du dîner, seul moment de rencontre entre Kouty et lui, Eddy annonça à ses hôtes qu'il devait partir.

« Mais Kouty restera avec vous, bien entendu.

— Non. Je partirai avec toi. Nous avions décidé de passer nos vacances ensemble, non ? »

Elle le regarda de ses yeux de jais, sans haine et sans amour. Un regard inexpressif qu'il connaissait bien.

« Mes enfants, quelle précipitation ! s'écria Mme Lenormand. Est-ce que nous vous avons gênés ? Est-ce que nous avons fait une erreur ?

— Ou peut-être est-ce que nous n'avons pas assez témoigné notre joie de vous recevoir ? ajouta son époux.

— Oh, pas du tout, rassurez-vous, répondit le jeune homme qui avait retrouvé le sourire en apprenant la décision de Kouty. Vous êtes des hôtes formidables tous les deux. Notre séjour ici a été très agréable. Mais nous avons fait le tour du pays et nous nous sommes dit que nous pourrions utiliser les deux semaines qui restent à visiter le Kenya.

— Ma foi, si c'est ça, c'est une bonne raison, et c'est une bonne idée », conclut M. Lenormand.

Au cours du repas, la date du départ fut fixée. Puis les deux jeunes gens se répartirent les tâches. Kouty irait s'occuper des cadeaux et Eddy des réservations pour le voyage.

Vers dix-sept heures, le jour suivant, Kouty téléphona à Zahiby et lui donna rendez-vous au grand marché de Dakar, comme d'habitude. Ils se retrouvèrent à l'heure choisie. Dès qu'elle fut montée dans sa voiture, Zahiby la conduisit vers la plage. Il attendait cet instant depuis le soir où il avait rencontré cette négresse au corps de déesse.

Il se gara au bord de la route, descendit de la voiture, et vint ouvrir la portière à sa compagne. Kouty prit son bras et se laissa entraîner dans la palmeraie, sur le sable encore chaud des brûlures du soleil, près de la plage. Le lieu était désert, les estivants étaient allés se distraire en ville. À cette heure, les restaurants s'emplissaient d'une foule affamée et gourmande. Kouty se retrouvait seule, au bord de la mer, aux côtés de l'assassin de son frère.

Elle fit quelques pas sur le sable, en longeant la plage, les pieds nus, et se laissa envahir par cette immensité, cherchant à communier avec la nature splendide qui l'environnait. Au loin, le soleil n'en finissait pas de disparaître, créant un fabuleux spectacle. Cet endroit, choisi par Zahiby lui-même, et que l'on disait créé pour l'amour, était aussi idéal pour la haine, pour la vie et la mort, se dit Kouty, alors que l'homme venait la rejoindre. Elle lui fit face. Il l'enlaça, l'attira vers lui, chercha à l'embrasser. Elle, pour se défendre, posa une main sur la poitrine de son fervent chevalier tandis que, de l'autre, elle saisissait le couteau qu'elle avait glissé dans sa poche. Elle ne pouvait en supporter davantage. La comédie avait assez duré. Comment supporter que ces mains qui enserraient sa taille, ces mains soignées d'homme du monde, fussent également celles d'un criminel de la pire espèce ? Un assassin, un violeur, un être qui n'avait d'humain que l'apparence, un être soumis à son instinct, animal ?

« Tu sais, Zahiby, dit-elle, en sentant les lèvres de l'homme proches des siennes, je connais beaucoup de Touareg. Nous devons avoir des connaissances en commun, non ?

— Peut-être. Mais ce soir, c'est toi seule que je veux connaître.

— Je sais bien, Zahi, mais ne sois pas pressé, répondit-elle d'une voix envoûtante. Attaher ag Mohamed et Fathy al Ouleïdy te connaissaient bien. »

À ces deux noms, l'homme se redressa. Sa réaction confirmait la conviction de la jeune fille. C'était bien lui. La main armée de Kouty sortit de sa cachette. De toutes ses forces, assistée par la rage qui vivait en elle, elle plongea son couteau dans le ventre de l'assassin qui l'enlaçait. Zahiby, surpris par le coup, s'agrippa à la jeune fille en hurlant, et il l'entraîna dans sa chute. Ils se retrouvèrent tous deux à genoux et Kouty se sentait étouffer sous l'emprise de cette main qui la caressait tout à l'heure et qui s'était maintenant refermée sur son cou comme un étau. Il portait son autre main à son ventre blessé. Et la jeune fille, qui n'avait pas lâché son arme, la planta à nouveau, cette fois dans le bras qui l'étouffait, ce même bras qui avait fait tournoyer son frère dans le vide avant de le précipiter contre un mur. L'enfant avait cru à un jeu et avait ri jusqu'à ce que sa tête percutât l'obstacle fatal.

Maître Zahiby ne réagissait pas de la même manière. Son visage n'était plus qu'un masque de douleur et de haine. Dégagée enfin de la pression, Kouty en profita pour se redresser. Mais l'homme, s'accrochant à l'une de ses chevilles, entreprit de l'attirer vers lui. Elle se débattit, et, de son pied libre, elle lui balança un coup en plein dans le ventre, à l'endroit de la blessure. La souffrance obligea celui-ci à lâcher prise et la jeune fille en profita pour se relever tout à fait. Elle reprit l'équilibre, mais aussitôt une vive douleur dans le mollet la jeta à terre. Zahiby, qui avait réussi à extraire le couteau de son bras, transperçait la jambe de Kouty. L'homme s'accrochait à la lame, et Kouty hurlait à chaque fois qu'il la faisait bouger dans la plaie. Ses cris se mêlaient aux râles de Zahiby qui se vidait de son sang. Il ne restait plus à cet homme que l'énergie du désespoir, celle qui anime tous les assassins.

En tombant pour la deuxième fois, Kouty avait senti, sous son épaule, un gros caillou. Fébrilement, elle se mit à fouiller le sable à cet endroit. Pendant ce temps, Zahiby la tirait vers lui, déchirant sa jambe malgré les coups de pied qu'elle lui donnait. Kouty, s'étant enfin emparée du caillou et rassemblant ses dernières forces, se lova sur elle-même et porta un grand coup sur la nuque du Targui qui cessa immédiatement de réagir.

La lutte avait été rude. Kouty en sortait meurtrie, mais vivante. Ce qui n'était pas le cas de son adversaire. Son sang, s'écoulant de trois blessures, était avidement avalé par le sable. En retirant le couteau de son mollet, devenu une plaie béante, Kouty ne put s'empêcher de crier. Le soleil avait depuis bien longtemps achevé sa course lorsque la jeune fille, après s'être fabriqué un garrot de fortune avec la doublure de sa jupe, fit rouler le cadavre de l'homme au bord de l'eau. Puis elle revint vers la voiture en claudiquant et ouvrit le coffre. Elle en sortit un cric, une roue de secours, et une corde à sauter qu'elle emmena jusqu'au cadavre abandonné sur la plage. Elle entoura la taille du cadavre avec la corde dont elle avait arraché les poignées, relia le tout à la roue de secours et au cric. Ainsi lesté, le corps de Zahiby fut traîné dans la mer. La jeune fille guida son fardeau jusqu'au large en essayant d'oublier les morsures du sel sur sa plaie. Des larmes, causées par cette douleur muette et intense, coulaient sur ses joues. Kouty regagna la plage quand le corps eut disparu dans les profondeurs de la mer. À bout de forces, sans autre ressource que sa volonté, elle regagna la maison des Lenormand. Sa jambe blessée lui interdisait de rentrer à pied par la plage. Elle se traîna à cloche-pied jusqu'à la station de bus la plus proche, dernier effort de précaution auquel elle acceptait de se soumettre.

Elle atteignit sa chambre avec bien des difficultés. Elle referma derrière elle, et se dit qu'elle était enfin au bout de ses peines, après la journée interminable qu'elle venait de vivre. Elle resta ainsi, appuyée contre la porte fermée, profitant du calme et de la pénombre pour retrouver ses esprits. Quelle surprise, quand elle alluma la lumière ! Eddy était là. Il l'observait, assis dans l'unique fauteuil de la chambre.

« Depuis quand tu partages ma chambre ? » dit-elle, ironiquement. Et elle se dirigea en boitant vers la salle de bains.

« Mon Dieu ! Dans quel état tu es ? Qu'est-ce qui se passe ? » s'écria Eddy en découvrant son cou griffé, ses cheveux en bataille, son T-shirt déchiré, sa jupe en lambeaux, sa jambe gauche abîmée enveloppée d'un bandage de fortune et des traces de sang coagulé.

« S'il te plaît, Eddy, ne me touche pas, fit la jeune fille au garçon qui s'approchait d'elle. Il faut que je prenne une douche de toute urgence. On parlera après. »

Cela dit, elle referma derrière elle, et à double tour, la porte de la salle de bains, abandonnant le jeune homme à ses questions.

Elle passa un long moment sous une douche froide. Après avoir enfilé un peignoir et lissé ses cheveux devant la glace, elle repensa aux deux hommes qui avaient été, durant ces derniers jours, le centre de sa vie : Zahiby, qui pour elle n'était qu'un numéro sur la liste et qu'elle se félicitait intérieurement d'avoir éliminé, malgré la lutte acharnée qu'elle avait dû mener pour cela. Et Eddy, dont elle avait gâché les vacances et qui l'attendait toujours avec la même inquiétude, la même sollicitude.

Kouty réapparut devant le jeune homme. Elle était propre, sentait la lavande, ses cheveux étaient tirés, retenus par une barrette, celle qu'elle portait souvent. Mais elle boitait toujours. Elle avait enlevé son pansement de fortune, le sang ne coulait plus.

« Laisse-moi t'aider », fit Eddy en la prenant dans ses bras pour l'amener à son lit où il la coucha sur le ventre. Puis il s'assit près d'elle, à son chevet.

« Kouty, explique-moi. J'imagine que tu t'es fait agresser.

— Oui, dit-elle, un homme m'a attaquée à quelques mètres d'ici sur une plage déserte.

— Si près ! Mais c'est un dingue !

— Sans doute ! Je crois bien qu'il voulait me violer.

— Ma pauvre chérie, quelle épreuve… Repose-toi maintenant, ça va aller. J'ai appelé le médecin des Lenormand, il sera là dans un instant.

— Merci, Eddy.

— C'est normal. J'ai averti Mme Lenormand pour qu'elle te fasse une tisane. Et dès qu'elle arrive, je file au commissariat.

— Oh non ! s'écria Kouty en prenant appui sur ses coudes pour se relever. Non, reprit-elle avec plus de douceur, je ne veux pas parler de ça à des inconnus.

— Mais tu ne peux pas laisser un être pareil en liberté ! Et en plus, il est armé !

— Mais qu'est-ce que tu veux que je leur dise, je l'ai à peine vu. Je me débattais. Je sais seulement qu'il avait un couteau et qu'il me l'a planté dans la jambe quand il a vu que je lui échappais.

— Et d'après toi, on devrait remercier Dieu qu'il n'ait pas réussi à parvenir à ses fins ignobles et en rester là ? C'est bien ça que tu veux ?

— Pourquoi pas ? » répondit Mme Lenormand d'une voix paisible. La vieille dame était entrée dans la chambre, portant un plateau chargé de gâteaux et d'un bol de tisane. Elle était suivie du médecin de famille, un homme à la bedaine imposante et au sourire facile, qui tenait à la main une énorme sacoche.

« J'ai tout entendu, ajouta la dame. Si c'est le souhait de Kouty, qui est la première concernée, je ne vois pas pourquoi on ferait autrement. C'est elle la victime. Et vous devez apprendre, jeune homme, qu'il y a des sujets qu'une jeune fille n'aime pas aborder en public.

— Bien, si telle est votre décision, je n'ai pas le choix... » dit Eddy, faisant contre mauvaise fortune bon cœur. Puis il sortit, contrarié et résigné.

Après avoir désinfecté et pansé la plaie, le docteur Guèye conseilla à Kouty de garder la chambre pendant trois jours. Pour madame Lenormand, les paroles de ce médecin étaient paroles d'évangile. Les jeunes gens durent donc différer leur départ, qui fut fixé à la semaine suivante. Durant toute la soirée et une bonne partie de la nuit, la chambre de Kouty fut le théâtre d'un ballet d'allées et venues constantes. À tour de rôle, les Lenormand et Eddy se relayèrent au chevet de la jeune fille, chacun pensant lui apporter le réconfort dont elle avait besoin. Tard dans la soirée, ses hôtes ne se décidant toujours pas à la laisser seule, Kouty fit semblant de sombrer dans un profond sommeil. Et lorsqu'au milieu de la nuit on n'entendit plus que des ronflements dans la maison, la jeune fille se leva et se vêtit hâtivement. Puis elle se dirigea à cloche-pied vers le salon et appela un taxi en lui indiquant l'adresse des voisins. Puis elle alla chercher dans le débarras un club de golf pour s'en servir de canne. Elle se fit déposer à plusieurs mètres de l'endroit où Zahiby avait laissé sa voiture. Avec précaution, Kouty se rendit ensuite près du véhicule, et s'installa au volant après avoir enfilé des gants et effacé les empreintes éventuelles qu'elle aurait pu laisser après le crime en fouillant dans le coffre. Dix minutes plus tard, elle garait la voiture sur le parking d'un supermarché, non loin d'une station de taxis pour s'éviter d'avoir à marcher trop longtemps.

Le lendemain matin, la jeune fille fut réveillée par une odeur de croissants chauds émanant du plateau qu'Eddy lui avait préparé, où il avait disposé un bouquet de roses rouges et qu'il avait posé sur la table de nuit. Le jeune homme allait sortir de la chambre pour laisser Kouty dormir encore, mais celle-ci l'arrêta et lui dit en s'étirant :

« J'adore qu'on me réveille comme ça ! Les fleurs sont magnifiques ! Eddy, si tu n'existais pas, il faudrait t'inventer !

— C'est ça, maligne, moque-toi de moi ! fit le garçon en revenant sur ses pas. Ça va ? Je voulais venir te voir dans la nuit, mais j'avoue que je ne me suis pas réveillé, dit-il en riant.

— Rassure-toi, j'ai dormi toute la nuit et je me porte comme un charme. Après tout, je ne vais pas mourir, j'ai juste une blessure à la jambe », répondit-elle en essayant de se lever.

Sans lui laisser le temps de réagir, Eddy la souleva dans ses bras et la déposa dans la salle de bains.

« C'est bizarre, mais depuis quelque temps, j'ai la fâcheuse impression d'être une sorte de paquet.

— Trois jours de repos complet, a dit le médecin. Pendant trois jours, tu ne dois pas utiliser ta jambe malade. O.K. ?

— Si tu crois que j'ai le choix !

— Je vois que tu as compris. Fais-moi signe quand tu auras fini. Je reste là, je vais juste chercher un autre bol pour déjeuner avec toi. »

Là-dessus, il sortit et referma la porte.

Quelques instants plus tard, Kouty, en reposant sa tasse vide sur le plateau, remarqua :

« Tiens, c'est drôle, tu n'as presque rien mangé, toi qui as un si bon appétit d'habitude. Qu'y a-t-il ?

— Rien. Je pense.

— Donc, tu es !

— Arrête de plaisanter, c'est sérieux.

— Bon, reprenons donc : à quoi tu penses ?

— À toi.

— Mais... pourquoi penser à moi quand je suis là ?

— Justement ! Ça m'intrigue aussi !

— Ah bon ?

— Parfaitement. Ça m'intrigue que tu sois là, que nous soyons amis, et que je ne sache rien de toutes tes vies.

— Tiens ? Selon toi, j'ai plusieurs vies ?

— Absolument. Et toutes bien distinctes : la première au "Mouton Blanc", avec Marceline et Odile, la deuxième avec le groupe de chanteurs que tu m'as présenté, et la troisième avec les mendiants et les orphelins dont tu t'occupes. En fait, j'ai l'impression qu'en toi il y a plusieurs Kouty.

— Ah... Je vois que j'ai un psychologue personnel. Tu vois, en réalité, tout cela s'explique en un mot : liberté. Je suis quelqu'un de très indépendant. Marceline et Odile l'ont très vite compris, heureusement, et au lieu de lutter contre ça, elles m'ont poussée à me responsabiliser, elles m'ont fait confiance. Marceline et Odile, c'est mon repère, ma famille, ma sécurité et mon nid de tendresse... dans ce monde trouble...

— Ça, c'est clair. Mais... les chanteurs ?
— Je les ai cherchés.
— Comment ça ?
— Toute petite, je chantais déjà. J'ai toujours aimé ça, c'est comme une nécessité. Alors, j'ai décidé de chanter dans un cadre semi-professionnel. Je me suis renseignée, je suis allée voir des groupes débutants et celui-là m'a plu. Et ils m'ont acceptée. Je ne demandais pas d'argent et j'avais une voix, alors voilà.

— Ils ont eu bien raison, tu as une voix inoubliable, tu pourrais faire une carrière.

— Oh, on dit ça, et puis...
— En tout cas, tu as du cran. Et les enfants, alors ?
— Dis donc ! C'est un interrogatoire ! Bon... Eh bien, j'estime que c'est atroce de se dire qu'il y a des enfants qui s'endorment la faim au ventre. Je leur apprends à lire et à écrire pour leur donner une flamme qui les guide dans ce monde de ténèbres. Je fais mon devoir de citoyenne, c'est tout.

— On devrait te prendre pour exemple.

— Mais je ne crois pas que ce soit la bonne solution. Il faudrait trouver des Maliens qui pensent au Mali. La question est : est-ce qu'il en existe ? Bon, ça suffit. Parlons de toi.

— Avec plaisir. Que veux-tu savoir ?

— Je voudrais savoir comment ton père, qui n'a aucune considération pour les gens de ma race, a pu t'envoyer en Afrique noire.

— Ah, c'est vrai, ce n'est pas évident... Disons qu'il n'a pas eu vraiment le choix. Il avait perdu tout contrôle sur moi, je séchais les cours... En fait, je n'ai jamais réellement aimé l'école. Je trouve qu'il y a tellement plus de choses intéressantes à faire que de suivre des cours... Bref, j'ai été renvoyé de toutes les bonnes écoles de Paris et même de celles de deux ou trois capitales européennes.

— Alors, on a pensé te "mettre à l'écart de la civilisation" ?

— Voilà. Et comme mon père voulait absolument que je fasse des études à la française, il s'est tourné vers l'oncle Jean. Pour me donner du même coup une leçon.

— Je vois. Mais toi, qu'est-ce que ça te fait ?

— Beaucoup de bien, répondit le jeune homme, en plongeant son regard dans celui de Kouty. C'est une des rares décisions paternelles que j'approuve. »

Durant les derniers jours passés à Dakar, Kouty eut deux gardes-malades à sa disposition. Madame Lenormand lui faisait ses piqûres, et s'occupait de la nourrir avec de bons petits plats ; Eddy, lui, inventait toujours de nouveaux jeux et avait transformé la chambre en pépinière. En plus, monsieur Lenormand, réglé comme une horloge, venait toutes les heures observer la régression de la maladie.

8

Pour embarquer dans l'avion qui les ramènerait à Bamako, Kouty s'aida d'une jolie canne en bois confectionnée par monsieur Lenormand, cadeau dont il n'était pas peu fier et qui lui avait coûté des heures de travail au fond de son atelier.

Le voyage se déroula paisiblement, jusqu'à ce qu'on propose aux passagers un éventail de la presse locale. Eddy prit un quotidien au hasard et tomba en arrêt sur la photo de l'homme qu'il avait aperçu en compagnie de son amie le soir où il l'avait suivie dans une discothèque. Sous la photo, on pouvait lire la légende : « Disparition mystérieuse d'un diplomate malien ». Eddy se reporta à la page citée en référence et dévora l'article. Il constata que la date de la disparition du diplomate coïncidait avec celle de l'agression de Kouty. Terrible constat pour Eddy. L'article disait en outre que la voiture avait été retrouvée sur le parking d'un supermarché. Détail macabre : la veuve du diplomate affirmait avoir reçu par la poste un colis renfermant une partie mutilée — non précisée — du corps de son époux. Madame Mustapha, ne pouvant plus douter de la mort de son mari, implorait l'auteur du meurtre de lui rendre les restes du corps défunt, afin qu'il puisse être enterré selon les rites musulmans. Les pensées se bousculaient dans la tête du jeune homme. Deux meurtres. Deux hommes, de la même ethnie, avaient été tués. Le premier, la nuit de la fête, tout près du lieu où il avait repéré Kouty. Le second, le soir même de son agression. Le premier était un des meilleurs clients du « Mouton Blanc », donc nécessairement connu de la jeune fille ; le second, un homme avec qui elle avait flirté dans une boîte chic de Dakar.

Il y avait là trop de coïncidences. Le jeune homme était profondément troublé. Il se mit à observer sa compagne. Cette jeune fille, si calme, si sereine, serait-elle un monstre ? Elle était sans aucun doute mêlée à tout ça. Mais il se refusait à croire qu'elle pouvait y avoir une part de responsabilité directe. Il ne résista pas et lui tendit le journal.

« Tu connais cet homme ? » demanda-t-il, à l'affût des réactions de la jeune fille.

Kouty regarda longuement la photo. Dans le ton de la voix d'Eddy, elle perçut qu'il ne s'agissait pas d'une question. Secrètement, elle s'était sentie observée la nuit où elle avait rencontré Zahiby. La preuve était faite.

« Oui, dit-elle, d'une voix éteinte. Un très bel homme.
— Il a été assassiné, articula difficilement Eddy.
— C'est dommage. Quelle perte pour les femmes…
— C'est tout ce que ça te fait ?

— Écoute, dit-elle en le fixant sans sourciller, tu sais, il y a des gens qui meurent tous les jours comme ça. Je suis désolée, mais tout le monde n'est pas sensible comme toi. »

Là-dessus, elle détourna le regard et se mit à contempler les nuages par le hublot.

« Je crois que je vais vomir, murmura le jeune homme en portant une main à sa bouche et en se soutenant l'estomac.

— Les toilettes sont au fond, là-bas, » répondit-elle sans le regarder.

Il était dégoûté. Il la soupçonnait de complicité de meurtre, pour des raisons qui lui échappaient encore, mais il était surtout écœuré de lui-même. Il se sentait incapable d'en référer à quiconque, malgré son intime conviction.

Il se serait senti si soulagé de ressentir de la haine pour elle, mais, malgré l'horrible évidence, il s'en sentait incapable.

9

Deux jours après son arrivée à Bamako, Eddy s'envolait seul vers Nairobi. Il ressentait le besoin de s'éloigner de Kouty. On dit, n'est-ce pas, que la distance réduit l'intensité des sentiments et les remet à leur juste place...

Le lycée rouvrit ses portes le 10 octobre. Kouty remarqua que le nombre des nouveaux élèves correspondait au nombre de ceux qui avaient quitté le Mali. Eddy ne revint que deux semaines après la reprise des cours. Distant, mais toujours correct, le jeune garçon s'enquit auprès de son amie de l'état de sa blessure, maintenant en voie de guérison, grâce à une préparation de tante Odile, composée d'extraits de plantes, visant à atténuer la cicatrice. Pendant tout le mois de novembre, ce fut le seul moment où Eddy sembla s'intéresser à Kouty, ce qui ne manqua pas de réjouir Joanne qui attirait maintenant toute l'attention du garçon. On ne les voyait plus l'un sans l'autre. Aucune plainte, aucune remarque de la part de Kouty, ne fit écho à ce nouveau comportement. La jeune fille ne semblait guère affectée par le changement brusque de son camarade.

Un matin, au restaurant, et comme toujours avant le petit déjeuner, Kouty ramassa les restes du dîner de la veille. Vers sept heures, elle quitta le restaurant après avoir placé le colis de nourriture sur le panier à l'arrière de sa Mobylette. Puis elle s'engagea sur le chemin menant au quartier voisin où logeaient les jeunes guéribs qu'elle se chargeait de nourrir tous les matins. Ceux-ci venaient l'attendre au bord de la route qui délimitait les deux quartiers.

Celui où la jeune fille vivait était composé de villas coquettement décorées, et les rues, en terre battue, étaient cependant larges. De véritables jardins potagers y avaient été aménagés par quelques cultivateurs urbains chevronnés qui en avaient saisi l'intérêt. Un terrain vague, ça pouvait vite devenir un espace agricole. Pour ces victimes de l'exode rural, qui voyaient s'évanouir leurs illusions avec le mirage de la ville, mais qui préféraient faire partie des laissés-pour-compte plutôt que de revenir en arrière, la dernière chance était de retourner à leurs premières amours : la terre et la daba. Pour eux, ça n'avait donc aucune importance de devenir des gêneurs pour les habitants de ces villas qui leur inspiraient de la crainte mais aucun intérêt.

L'autre quartier, refuge des jeunes mendiants, était caractéristique de Bamako. Il était composé, lui, de maisons de terre ou de ciment où trois générations vivaient entassées, se nourrissant des revenus de deux ou trois d'entre eux. Cependant, du matin au soir, jeunes et moins jeunes se retrouvaient autour d'une théière, le long des rues, devant une mare d'eau stagnante et des tas d'ordures dont la pestilence ne les atteignait plus. Phénomène d'accoutumance. Personne ne pensait, et surtout pas les responsables locaux, qu'on pourrait améliorer la situation. Par exemple en reprenant la vieille tradition qui consiste à balayer devant sa porte. Pourquoi ne pas solliciter tous ces bras valides et sans emploi ? Non, bien sûr, puisque la pauvreté est synonyme de saleté et de chômage... Pourquoi arracher les taupes, les rats, les mouches et les moustiques, de leur milieu de prédilection ? Alors qu'ils ne font que véhiculer quelques virus...

Les guéribs, villageois en majorité, étaient de jeunes enfants de six à quatorze ans, envoyés par leurs parents à l'école coranique de la ville, où l'on assurait leur éducation religieuse et leur garde. Pour se nourrir, selon les préceptes de l'islam — et surtout parce que leur tuteur se révélait bien incapable de les nourrir —, ces enfants mendiaient leur repas en faisant du porte-à-porte. Et quand leur maître ne les astreignait pas à mendier pour son compte dans les marchés et au bord des routes, ils assuraient quelques travaux pour lui.

Ce matin-là, Kouty allait à la rencontre du groupe de guéribs qu'elle avait décidé de parrainer pour deux ans, comme elle le faisait depuis qu'elle avait été adoptée, c'est-à-dire depuis six ans. Il s'agissait donc du troisième groupe. Elle ne se contentait pas de leur apporter à manger tous les matins. Un jour sur deux, elle leur apprenait à lire et à écrire le français. Ces jours-là, pendant deux heures, elle transformait le garage de la villa en salle de classe. En six ans, Kouty avait alphabétisé une bonne quarantaine d'enfants.

Après avoir, pendant quatre semaines, rompu toute relation avec la jeune fille, Eddy revenait auprès d'elle, comme il était parti, sans bruit, sans explication, le plus naturellement du monde. Dans un certain sens, l'indifférence de Kouty l'arrangeait puisque ça lui évitait de se justifier devant elle de son comportement lointain des jours précédents. Mais d'un autre côté, il en ressentait du chagrin parce que l'attitude indifférente de la jeune fille témoignait du peu d'intérêt qu'elle lui portait. Néanmoins, il fit comme elle et resta silencieux, bien qu'il ait toujours les mêmes sentiments à son égard. Même Joanne, malgré tous ses efforts, n'avait rien pu y faire. Eddy revenait vers Kouty parce qu'elle lui manquait. Elle lui manquait cruellement. Il voulait à tout prix partager ses peines, ce petit adolescent fortuné.

Depuis plusieurs mois déjà, les habitants de Bamako, imités par ceux des grandes agglomérations, laissaient éclater leur colère contre le régime en place. Une colère sourde, contenue depuis trop longtemps. Cet état d'âme se traduisait par des mouvements de grève, des manifestations, des pillages. Les badauds et les petits malfrats saccageaient les boutiques, les locaux municipaux. Puis les civils s'armèrent au détriment des forces de l'ordre. Les uns, voyous et détrousseurs en tous genres, se servaient de ces armes pour piller et tuer. Les autres, commerçants et propriétaires, pour protéger leur personne et leurs biens. Cette révolte généralisée était née dans les établissements scolaires. Les étudiants, appuyés par les adeptes du multipartisme, avaient abandonné leurs pupitres et réclamaient une amélioration de leurs conditions de vie. Descendus dans la rue pour défendre leurs droits, ils y avaient été maintenus par un décret gouvernemental : fermeture des établissements publics suivie évidemment par celle des établissements privés.

Certaines écoles privées continuaient coûte que coûte à dispenser leur enseignement. Et certains instituteurs n'hésitaient pas à transformer leur maison en salles de classe. L'école « Liberté A » avait transféré ses cours dans les locaux de l'ambassade de France. Il n'y eut pratiquement aucun changement dans les études de Kouty, exception faite du décor, des horaires et de l'absence de quelques élèves dont les familles avaient jugé plus prudent de partir. Eddy était toujours là, mais on ne le voyait plus qu'en compagnie de son oncle. La famille de Joanne était partie dès le début des événements.

Les jeunes Maliens qui n'étudiaient plus firent alors beaucoup de bruit dans la ville. Certains s'étaient même engagés dans la politique. Ils organisaient des manifestations, paralysant ainsi les grandes artères, bloquant la circulation, ce qui retardait les travailleurs et les empêchait même quelquefois de se rendre à leur travail. Pendant la nuit, il arrivait aussi que les grandes voies de circulation soient bloquées, car certains y allumaient de grands feux de joie. Et lorsque la police voulait intervenir pour les déloger, on l'accueillait avec un feu d'artifice de cocktails Molotov. Au matin, on pouvait contempler les restes calcinés des brasiers.

Dans ce climat de tension, alors que toutes les vieilles rancœurs refaisaient surface, Kouty, Marceline et Odile allèrent un jour accueillir Victor, en compagnie de sa fiancée Fatma, à l'aéroport de Sénou-Bamako. Après les effusions de rigueur, Victor se rapprocha de Kouty, laissant Marceline et Odile faire la connaissance de leur future bru. Le jeune homme semblait avoir hérité de la générosité de sa mère. Des années plus tôt, il avait reçu Kouty dans la famille avec beaucoup de gentillesse, approuvant avec fierté le geste de « Papa Marceline » et « Maman Odile », comme il s'était plu à les appeler en plaisantant.

« Oh là là ! Laisse-moi voir ! fit-il en tenant Kouty par les mains. Eh bien, ma sœurette ! Je dois bien avouer que tu m'épates ! Décidément, tu es de plus en plus belle !

— Merci du compliment.

— Tu sais bien que je suis sincère.

— Mais dis-moi, ta fiancée est très belle, je trouve que tu as très bon goût.

— Que veux-tu, j'ai un faible pour la beauté féminine. Tu en sais quelque chose, non ? » murmura-t-il, faisant allusion à des vacances au cours desquelles il avait tenté de sortir de son rôle de frère. Kouty avait mis bon ordre à ses écarts de conduite. Mais elle ne porta aucune attention aux derniers mots de Victor. Par-dessus les épaules de son frère d'adoption, elle dévisageait un homme d'âge mûr qui s'avançait vers Fatma, le sourire aux lèvres.

« Dis-moi, Victor, tu connais ce monsieur ?

— Si je le connais ? C'est mon futur beau-père ! Viens, je vais te le présenter ! » Et il entraîna la jeune fille par la main.

Tout en regardant la main du Targui serrer la sienne, Kouty revit passer encore une fois dans sa mémoire le film de son passé tragique. Les images lui brûlaient la tête, enfiévraient ses sens, et ses oreilles s'emplissaient de souvenirs de cris. Les cris de douleur de son père sous les coups de pied et de crosse, les cris de détresse de sa mère, ses supplications, quand elle réclamait la vie pour son mari, ou la mort pour elle. Et ses cris de désespoir étouffés à jamais dans son pagne de petite fille. Scènes hideuses, produites par une haine identique à celle que ressentaient les Blancs pour les nègres. Phase terminale de l'enfance. Que de crimes commis au nom de la prétendue suprématie des sans-couleur ! Leur « grandeur » s'accommode de bien de bassesses.

Cet enchaînement de clichés macabres avait défilé dans la tête de la jeune fille avec une telle célérité qu'elle eut un éblouissement, et dut s'appuyer sur le bras de Victor, perdant l'équilibre sous la force des événements tragiques qu'elle venait de revivre une nouvelle fois.

« Ça ne va pas, Kouty ? s'inquiéta le jeune homme. Tu frissonnes.

— Oh, ce n'est rien, dit-elle, en portant une main à son front. Juste un petit malaise. Le soleil…

— Oh, ça, c'est sûr, on ne s'y habitue jamais. »

Le père de Fatma, Mohamed ag Mohamed, avait effectué le trajet de Tessalit à Bamako pour accueillir sa fille. Elle était le fruit de ses amours américaines lors de son séjour au Canada. Il était diplômé de la British Columbia University. Le père et la fille se voyaient rarement, mais ils étaient très attachés l'un à l'autre. Pour profiter de la présence de Fatma, Mohamed ag Mohamed avait décidé de venir séjourner quelque temps dans une villa prêtée par l'un de ses amis. La jeune fiancée partit donc avec son père, tandis que les trois femmes du « Mouton Blanc » ramenaient leur homme au bercail après ses cinq années d'études supérieures.

Les jours qui suivirent virent s'amplifier les mouvements de grève, qui s'étendaient maintenant à tous les secteurs. L'insécurité régnait dans les rues de Bamako. Dès les premiers jours de mars, Kouty, obsédée par l'élimination de sa troisième proie, comprit tout l'avantage que le désordre civil pouvait avoir dans l'accomplissement de sa vengeance. Mars 1991. Mois terrible. Mois horrible durant lequel la haine déferla sur la capitale, embrasant aussi le pays. L'instinct animal avait pris le pas sur l'humain. Une marée humaine, telle une horde de loups affamés, mettait le Mali à feu et à sac. Ils étaient tous devenus fous. La démocratie se noyait dans la dictature, le feu, le sang. Les êtres qui n'ont plus rien à perdre sont les plus redoutables. C'était le cas du peuple malien. Nés dans la pauvreté, ils se savaient condamnés à y mourir. Démunis, les enfants ignorants, les jeunes gens instruits mais sans culture, les femmes qui ne pouvaient se résoudre à perdre leur progéniture, étaient désormais prêts à céder le seul bien qu'ils eussent jamais possédé — leur vie. Et c'était un jeu d'enfants d'exacerber dans cette population les sentiments de frustration et de jalousie malsaine engendrés par la misère. Ah, si seulement ces gens avides de pouvoir, prenant pour masque les idéaux démocratiques, s'occupaient réellement du peuple ! Ce peuple réduit à la mendicité, aussi facile à manipuler qu'un troupeau de moutons, ce peuple naïf, n'était en fait que l'instrument de l'accession au pouvoir. Donc, Kouty, en ce mois de mars, se retrouvait au milieu de cette fièvre politique, de ce désordre national, de l'hystérie populaire. Une révolution bien orchestrée. Le chaos le plus absolu. Cela faisait quinze jours que Victor était arrivé. Depuis, le président avait été arrêté par des militaires de son entourage. Un de ses ministres, tombé aux mains de la foule, avait été lynché, mutilé et brûlé. On ne concevait la mort que par le feu depuis que des manifestants avaient été incendiés dans un entrepôt industriel à la suite d'un affrontement avec les « forces de l'ordre » qui tentaient de les en déloger. Un décret populaire avait alors stipulé que tout malfaiteur — à savoir tout ennemi du peuple — ne valait plus qu'un demi-litre d'essence à trois cents francs et une boîte d'allumettes à vingt francs. Kouty avait d'ailleurs assisté à l'exécution de ce fameux décret sur la personne d'un voleur dans l'enceinte du champ de courses. Le malheureux avait été roué de coups de poing et de pied, accablé d'injures. Il n'était pas question de pitié pour ce pauvre homme qui demandait grâce, il n'était pas question de clémence de la part de ces enfants et de ces jeunes gens qui s'acharnaient sur lui. On avait ensuite introduit son corps dans un pneu imbibé d'essence, et transformé ce pauvre petit malfrat en torche vivante, dans l'allégresse générale. Les cris inhumains du supplicié n'avaient ému personne. Quelle était la valeur d'une vie ? Celle d'une télé ? Celle d'une radio ? D'un sac de riz ? La justice populaire était bien sévère ! Le corps du jeune homme à moitié calciné fut ensuite abandonné aux plus jeunes qui, histoire de s'amuser, le déchirèrent avec des bouts de bois. Puis, lassés, les enfants retournèrent à leurs jeux, les femmes à leurs marmites, les hommes à leur verre de thé, laissant aux chiens errants et aux chats de gouttière un véritable festin.

Depuis le début des émeutes, Kouty assistait à tous les rassemblements, à toutes les manifestations. Elle s'était inscrite au mouvement des étudiants, en principe apolitique, mais qui avait en fait hautement participé à la chute de l'ex-président. Kouty ne voulait pas entendre de commentaires sur les événements. Elle voulait les vivre, y prendre part. Surtout depuis qu'elle avait fait la connaissance du père de Fatma. La conjoncture était idéale pour commettre un crime. Elle apprit un jour l'existence d'une liste noire, créée par on ne sait qui, contenant les noms des « ennemis de la nation » dont il fallait saccager les demeures en signe de représailles. Les choses étaient bien organisées. Dans chaque quartier avait été constituée une association dont le chef était chargé de conduire l'opération, en menant ses troupes devant les maisons ciblées. Kouty n'eut donc aucun mal à contacter les représentants de son association dans le quartier où Mohamed ag Mohamed vivait. Elle put même assister à un pillage, assise confortablement sur la moto du chef, Lamine. Un baladeur à la ceinture, un écouteur à l'oreille, celui-ci battait la mesure en galvanisant ses troupes, qui n'en avaient d'ailleurs pas besoin. Comme un nuage de sauterelles, elles s'étaient abattues sur une charmante villa et s'étaient emparées de tout ce qui pouvait être démonté. Les habitants, sans doute prévenus par quelques bonnes âmes, s'étaient enfuis en emportant le gros des meubles.

Mais le peuple se contente de peu, c'est bien connu : il s'était donc emparé des portes, des fenêtres, des prises électriques, des câbles, de l'évier, du lavabo, des ampoules. Et dans la foulée, il avait mis le feu au reste, ce qui était inamovible, à savoir les murs.

« Lamine, dit Kouty, tandis que les pilleurs chargés de leur butin abandonnaient la villa aux flammes.

— Je t'entends, parle.

— Tu sais que tout près d'ici, à deux pâtés de maisons, il y a un type qui s'est servi du pouvoir pour faire du mal autour de lui ?

— Ah ? fit le jeune homme en tirant un papier de sa poche. Il s'appelle comment ?

— Mohamed ag Mohamed.

— Son nom ne figure pas sur ma liste. »

Kouty, qui s'attendait à sa réponse, enchaîna avec force, prenant à témoin les badauds.

« Mais quoi, merde ! On s'en fout, de la liste ! Ce qu'on veut, c'est la justice, non ?

— C'est vrai ! Elle a raison ! cria la foule.

— Mes frères, cet homme a fait du mal à ma famille quand il était au pouvoir ! Aujourd'hui, le pouvoir est à nous ! C'est nous, les jeunes, qui avons renversé le régime !

— À mort les pourris ! » Déjà les injures fusaient, dénonçant celui qu'on ne connaissait pas, mais qui était devenu un ennemi en un instant.

« Cet homme doit être puni pour ce qu'il a fait aux miens et aux autres !

— Nous sommes en démocratie, conclut Lamine, alors vengeons notre sœur ! »

Ainsi, guidée par Kouty, la troupe se remit en marche après avoir rangé son butin pour avoir les mains libres, en quête de nouveaux trophées. Ils se dirigèrent vers la villa de Mohamed ag Mohamed.

Comme ils étaient nombreux, ce n'était pas la peine de faire le mur : il s'effondrait sous la poussée. Le méchant berger allemand fut écartelé tel un vulgaire margouillat, et ses morceaux furent abandonnés sur le pavé. Mohamed était là, tout seul. Kouty l'avait prévu. Réveillé par le bruit, l'homme fut jeté à bas de son lit, à coups de poing, à coups de pied. On le traîna, presque nu, sur la terrasse. Humilié, couvert de crachats, l'homme, criant d'abord à l'erreur, supplia, jusqu'à en perdre le souffle. Kouty sortit alors de la contemplation pour agir. Elle s'approcha de l'homme, s'agenouilla près de lui et lui murmura à l'oreille :

« Je suis Kouty, la fille de Fathy, la nièce d'Attaher. Tes amis et toi, vous m'avez oubliée, ce jour-là. Fatale erreur. Mais j'ai bonne mémoire. »

Puis elle se releva et regagna la moto de Lamine, suivie du regard par le Targui. Autour de sa taille, les justiciers étaient en train d'enfiler le pneu imbibé d'essence. De sa bouche en sang s'exhalait un râle. Le numéro trois ne serait bientôt plus que cendres. Kouty ne voulait plus rien voir.

Mohamed subit le même sort que le voleur du champ de courses. Mais il fut émasculé et le trophée, accroché au bout d'un manche à balai, fut exhibé dans tout le quartier. Personne n'était intervenu, personne n'avait empêché leur action.

Lorsque Kouty rentra chez elle, le soir, tous étaient au salon en grande conversation. Fatma était entourée, et riait, joyeuse. Elle était à mille lieues de se douter du sort qui avait été celui de son père, quelques heures auparavant, tandis qu'elle dégustait les bons petits plats de Marceline et d'Odile.

« Bonsoir tout le monde ! lança Kouty en arrivant.

— Ah ! Enfin, te voilà ! s'exclama Odile.

— Mais où tu étais ? Tu as vu l'heure ? demanda Marceline.

— Je suis en retard, je plaide coupable.

— Et tu l'es ! renchérit Odile.

— Absolument, enchaîna Marceline. Ma chérie, dit-elle en passant son bras autour des épaules de Kouty, tu sais, les rues ne sont pas sûres en ce moment.

— C'est vrai, répondit la jeune fille.

— Tu sais aussi que je t'ai toujours laissée entièrement libre ?

— Oui, fit de nouveau l'accusée.

— Alors tu dois comprendre maintenant que si je t'interdis certaines choses, ce sera pour ton bien, n'est-ce pas ? Je ne veux plus que tu sois dehors après la tombée du jour, jusqu'à ce que tout rentre dans l'ordre. C'est compris ?

— Compris, Mâ. C'est promis.

— Alors, va vite te laver les mains. La table n'attend plus que toi. »

Suivie de Victor qui débarrassait, les bras chargés d'assiettes sales, Kouty se dirigea vers la cuisine.

« Pardonne-moi de ne pas avoir réagi, sœurette, mais maman a parfaitement raison », fit-il en posant son fardeau dans l'évier déjà encombré.

Kouty dîna rapidement et alla s'installer aux côtés de Fatma et de son fiancé. Fatma était jolie et avait un caractère agréable. Il fallait s'y connaître pour déceler en elle la moindre trace de métissage. Elle apparaissait d'abord comme une jeune Européenne : visage rond, longs cheveux noirs. Il fallait s'y prendre à deux fois pour repérer ses origines. Elle avait cependant une culture et un mode de pensée très occidentaux. Et elle était débordante de vitalité, ne savait pas rester en place.

« Kouty, j'ai apporté mon album de photos », dit la jeune fiancée.

Et, s'adressant à Victor, elle ajouta :

« Tu vois que j'ai une bonne mémoire, je n'ai pas oublié. Tu devrais avoir honte.

— Une fois n'est pas coutume », dit-il.

En effet, quelques jours auparavant, Kouty avait déclaré aux deux jeunes gens qu'elle aimerait bien découvrir les visages des membres de la famille de Fatma et des amis dont elle avait parlé. Fatma était désormais la seule piste pour retrouver ceux qu'elle recherchait.

Elle regarda avec attention toutes les photos.

« Ta mère est très jolie, dit-elle.

— Merci. C'est vrai qu'elle assure.

— Et comment ! J'avoue que j'ai longuement hésité », dit Victor en plaisantant.

Pour toute réponse, Fatma lui jeta un coussin à la tête.

« C'est ton père, là, à gauche ? dit Kouty en désignant un jeune homme parmi un groupe sur un cliché noir et blanc.

— En effet ! Dis donc, t'as l'œil ! La photo date d'au moins quinze ans.

— Et les autres, ce sont ses frères ? demanda Kouty, qui avait reconnu deux visages dans le groupe : celui de Attaher et celui d'un des meurtriers.

— Attends. Oui, voilà, dit Fatma en désignant du doigt un homme accroupi. Tous les autres sont des amis. Si j'ai bonne mémoire, ils fêtaient le diplôme de celui-ci. »

Elle montrait un jeune homme debout près de Mohamed. Celui que Kouty avait identifié comme l'un des assassins.

« C'était sûrement un grand ami de ton père.

— Oui. Comment tu vois ça ?

— Eh bien, regarde, ils se tiennent par la main.

— C'est vrai, en effet. Je n'avais pas remarqué. D'ailleurs, ils sont toujours amis.

— Ah... Ils se voient souvent, alors...

— Ça m'étonnerait. Fadhel vit en Côte-d'Ivoire depuis sept ans.

— Dans la capitale ?

— Oui, il a un bon job. Papa dit qu'il est le plus riche de toute la bande.

— Il travaille dans le privé, certainement ?

— Oui, il est dentiste. Un des meilleurs. Soit dit en passant, j'ai une trouille bleue de ces gens-là.

— Ne m'en parle pas ! » répondit Kouty pour faire plaisir à son interlocutrice. En fait, la jeune fille ne les consultait que pour des examens de routine. À dix-sept ans et demi, elle n'avait encore que très peu de relations avec ces rois de la fraise.

Kouty passa avec regret à la photo suivante. Peu après, elle tomba sur celle, plus récente, de Zahiby, dont Fatma ne manqua pas d'évoquer la mystérieuse disparition.

Le couvre-feu étant décrété dans la ville, cette nuit-là, Fatma ne rentra pas chez elle et partagea la chambre de Kouty. Ce n'est donc que le lendemain qu'elle apprit la mort de son père.

Une année s'écoula. Puis ce fut le mariage de Victor et Fatma. Kouty était en terminale. Eddy aussi. Les deux jeunes gens se préparaient à passer le baccalauréat.

10

Seize heures. La sonnerie indiquant la fin des cours venait de retentir. Eddy était déjà debout et exhortait Kouty à le suivre. Ce soir-là, le centre culturel projetait un film américain, genre dont le jeune homme était friand.

« Mais la séance est à six heures, on a le temps ! »

Kouty protestait, adossée nonchalamment à son siège.

« Mais il faut d'abord rentrer, prendre un bain, se changer et traverser la ville. C'est juste !

— Oh, le pauvre ! Il va rater son cinéma !

— Maligne ! Tu m'as eu, encore une fois ! Mais si tu le prends comme ça, dit-il en faisant jouer les clefs de sa moto sous le nez de la jeune fille, c'est le premier arrivé qui conduit !

— Ah, c'est vrai ? s'écria-t-elle, en bondissant.

— Parole de marquis ! »

La course fut brève. Les deux jeunes gens se taquinaient encore quand Eddy déposa Kouty devant la villa du « Mouton Blanc ».

« Je viens te chercher dans une heure, dit-il.
— À tout de suite ! »

En traversant le jardin, Kouty fut frappée par le silence inhabituel qui y régnait. À mesure qu'elle approchait de la maison, son inquiétude grandissait. L'atmosphère était lourde, affligée. La jeune fille pressa le pas.

« Mâ ! Mâ ! Marceline ! Tante Odile ! » cria-t-elle, en constatant que la terrasse où se tenaient d'ordinaire les deux femmes était déserte.

Pas de réponse. Kouty entra et traversa le couloir qui desservait les chambres, toujours au pas de course, et elle rencontra Victor qui, manifestement, venait à sa rencontre. En voyant l'expression sur le visage du jeune homme, elle comprit que rien ne serait plus jamais comme avant. Victor posa ses mains sur les épaules de la jeune fille.

« Il va te falloir du courage, Kouty... Maman... Maman et tante Odile ont eu un accident », articula-t-il avec difficulté.

Kouty ne répondit rien. Elle gardait encore un peu d'espoir.

« Un grave accident, poursuivit-il entre deux sanglots. Leur voiture a été percutée par le train. Elles sont mortes toutes les deux. Les corps sont à la morgue. »

Les yeux de la jeune fille saisie d'effroi s'agrandirent. La mort ! Encore elle ! Les deux êtres qu'elle chérissait le plus n'étaient plus que deux tas de viande dans le réfrigérateur d'un sordide hôpital !

La mort venait encore de plonger ses griffes acérées dans ce cœur déjà si durement éprouvé. Rien ne lui serait donc épargné !

Kouty, figée sur place, se retira brusquement pour échapper au contact avec son frère. Puis elle laissa tomber son sac, s'enfuit dans sa chambre. Là, elle se jeta sur son lit et ferma les yeux, souhaitant ardemment ne plus jamais les ouvrir sur ce monde dont le bonheur semblait exclu. Mais lorsqu'elle sentit la présence d'Eddy dans la chambre, elle se releva. Le jeune homme lui tournait le dos, coupant court à toute effusion, et contemplait le jardin de la villa par la fenêtre. Désemparé, accablé par le chagrin, il ne bougeait pas.

« Je suppose que tu es au courant, dit-elle d'une voix blanche.

— Oui… J'ai croisé Victor. Que Dieu ait pitié de leurs âmes, dit-il doucement.

— Dieu ? Mais quel dieu ? Existe-t-il ? s'exclama Kouty en portant les mains à ses tempes. Toutes les fois que j'y ai cru, le diable est apparu, avec son cortège funèbre de larmes et de douleurs. »

La jeune fille avait parlé d'un seul trait. Ces phrases avaient surgi d'elle avec tant de violence que le jeune homme en fut stupéfait.

« Moi aussi, j'avais une famille, dit-elle. J'étais une petite fille comme les autres. Mais voilà, partout où je vais, le bonheur s'enfuit. Et puis Dieu m'est apparu, sous la forme d'une bande de voyous armés. Ils ont égorgé mon père comme un agneau, ils l'ont battu, ils lui ont fait subir le viol de son épouse, sous ses yeux. La tête de mon petit frère de deux ans, un ange innocent, plein de confiance, ils l'ont fracassée contre le mur, un vilain mur de banco. Ma mère a choisi le feu pour s'abstraire de ce cauchemar.

— Oh non, non...

— Oh oui ! Et tu sais pourquoi ? Parce que mon père était noir, et ma mère blanche. Parce que mon père était Peul et ma mère, Targui. Parce qu'elle avait préféré mon père à l'un des siens. Suprême injure, n'est-ce pas ? »

En racontant son histoire, Kouty s'était laissée glisser sur le sol, les jambes repliées, adoptant d'instinct la position de la prière.

« Je ne sais pas quoi dire, Kouty... »

Eddy était en larmes, prenant soudain conscience avec horreur du tragique destin de son amie. Il pensait bien que le destin de cette jeune fille avait été bouleversé, mais comment aurait-il pu soupçonner une vérité aussi terrible ?

« Si seulement j'avais su, Kouty. Mais tu semblais toujours si forte... Tu ne faiblissais pas, tu ne pleurais jamais...

— Pleurer ! s'exclama la jeune fille. Mais même si je le voulais, je ne le pourrais pas ! Mes larmes sont taries depuis longtemps.

— Comme tu as dû souffrir !

— Oh, Eddy... Je suis tout entière souffrance. La souffrance m'a envahie, détruisant en moi tout autre sentiment. Mais elle fait ma force. Et maintenant, voilà, maintenant que j'avais cru retrouver mon équilibre grâce à ces deux femmes, le voilà encore, ton Dieu, à peine déguisé, sous la forme d'un accident horrible. Il m'arrache toujours ceux que j'aime. Je n'ai pas le droit d'aimer. »

Eddy, assis maintenant près de la jeune fille, se rapprocha d'elle et passa un bras autour de ses épaules.

Lui, il serait toujours là.

Et à présent, la mort des deux Touareg n'avait plus de mystère pour lui.

Un mois après ces événements, Kouty n'assistait toujours pas aux cours. Cependant, la date de l'examen approchait. Eddy et Victor, inquiets, décidèrent d'agir d'un commun accord. Sachant qu'elle rentrerait tard ce soir-là, Eddy s'installa sur la terrasse pour l'attendre. Elle n'apparut qu'au milieu de la nuit.

« Ah ! Un revenant !

— Bonsoir, Kouty.

— J'imagine que c'est pour moi que tu es là. Mais c'est trop tard, fit-elle en s'asseyant face à lui.

— Il n'est jamais trop tard.

— Je peux boire dans ton verre ?

— Bien sûr. »

Kouty avala quelques cachets. Eddy s'empara du flacon qu'elle avait déposé sur la table. Elle le lui arracha des mains. Mais il avait eu le temps de déchiffrer l'étiquette.

« Bon sang, Kouty ! Des amphétamines ! C'est de la drogue !

— Ça te regarde ? Quand j'aurai besoin d'une nounou, je te le dirai ! »

Et elle entra dans la maison. Eddy lui emboîta le pas.

« Ça, ma petite, c'est trop facile ! Cette fois, tu vas m'écouter ! Je ne vais pas te laisser te détruire sans bouger ! Rends-moi ce tube !

— Ça va pas, non ? Tu te prends pour qui ?

— Donne-moi ça, dit le jeune homme, menaçant, en faisant reculer Kouty dans sa chambre.

— Laisse-moi tranquille, va-t'en ! »

Kouty refusait de lâcher la boîte de cachets. Eddy lui saisit le bras et le tordit. Énervée, vaincue, elle gifla le garçon à toute volée. La réplique d'Eddy ne se fit guère attendre. Kouty s'effondra sur son lit, la joue brûlante. Victor apparut alors sur le seuil.

« Il y a un problème ?

— Je peux tous les résoudre, répondit Eddy.

— Bon, bonne nuit, alors ! dit Victor en s'éclipsant.

— Je vois que vous êtes de mèche, tous les deux, remarqua Kouty.

— Bon, maintenant ça suffit ! Tu vas commencer par enlever tes vêtements sales, tu vas prendre une douche, aller au lit, et tu vas dormir ! »

La jeune fille ne bougea pas.

« Kouty, écoute-moi. Je n'hésiterai pas à me battre. »

Elle le défia du regard puis elle se leva et entra dans la salle de bains. Resté seul, le jeune homme fouilla dans les tiroirs et dans l'armoire afin de récupérer d'éventuels flacons. Puis il s'installa dans le fauteuil, le plus confortablement qu'il put, devant la fenêtre, face au lit.

Le temps passait et Kouty n'était toujours pas sortie de la salle de bains. N'y tenant plus, Eddy se leva et vint frapper à la porte. N'obtenant pas de réponse, il fit jouer le loquet qui, à sa grande surprise, céda. Il découvrit alors la jeune fille, assise sur le carrelage, les bras autour des genoux, qui se balançait comme un automate, d'avant en arrière. Apparemment, les cachets faisaient leur effet. Kouty leva la tête. Eddy perçut un sourire étrange sur ce beau visage, et un regard vide, qui semblait le traverser sans le connaître. Aucune parole ne pouvait atteindre la jeune fille, planant dans un autre univers. Eddy la souleva, et entra sous la douche avec elle. Au bout d'un moment, l'eau froide eut l'effet escompté. La jeune fille essaya de se débattre mais le garçon la maintenait sous le jet. Puis il l'enveloppa dans un peignoir et la ramena dans sa chambre.

Pendant qu'elle mettait un pyjama sec, Eddy jeta un coup d'œil dans la salle de bains. Rien de suspect. Il suffirait de garder la chambre avec Kouty pendant deux ou trois jours pour lui éviter de sombrer dans la dépendance. Tant qu'elle resterait enfermée là, elle ne risquerait rien, puisque le jeune homme était maintenant en possession des seules drogues qu'elle possédait. Maintenant, tout n'était qu'une question de volonté. Voudrait-elle s'en sortir ? Eddy comptait bien l'y obliger. Les trois jours qui suivirent furent longs et pénibles pour Kouty, consignée dans sa chambre, et pour ses gardiens, Fatma, Victor et Eddy qui se relayèrent à son chevet.

La nuit du second jour, Kouty, tournant en rond dans sa chambre comme un lion en cage, s'échappa quelquefois vers la salle de bains pour vomir. Son corps était secoué de frissons et elle ne cessait de se gratter. Eddy avait beaucoup de peine à assister à ce spectacle.

Revenant une fois encore de la salle de bains, Kouty se planta soudain devant Eddy, revêtue d'un simple T-shirt, et lui dit :

« Alors, si je te donne maintenant ce que tu convoites depuis si longtemps, tu finiras peut-être par me les rendre, mes sales cachets !

— Kouty, arrête ! Tu dis n'importe quoi ! »

La jeune fille se laissa tomber alors sur les genoux du garçon, l'enlaça et posa sa joue contre la sienne. Eddy frissonna. Il ne l'avait jamais encore sentie aussi près de lui.

« Tu vois, dit-elle en lui caressant la joue, c'est facile... »

Le jeune homme se leva brusquement, saisi d'émotion, et luttant contre lui-même jeta la jeune fille sur le lit pour s'en débarrasser.

« Tu vas t'arrêter, oui ou non ? lui dit-il. Je suis un homme, pas un iceberg ! »

Kouty s'effondra en larmes et se pelotonna sur son lit. Eddy regretta ses paroles et sa brusquerie. Il s'étendit près d'elle, la prit doucement contre lui et la berça comme un enfant, jusqu'à ce qu'elle s'endorme.

Elle ne se réveilla que tard dans la matinée. Eddy était toujours assis dans son fauteuil.

« Bonjour ! fit-il.
— Bonjour. Tu t'es changé, remarqua-t-elle.

— Oui. Alors tu te souviens des événements d'hier soir ?

— Oui, et je ne suis pas fière, crois-moi. Je te demande pardon.

— Mais non, c'est moi… Toi, tu n'étais plus toi-même, tandis que moi…

— Qu'est-ce que tu racontes ! Tu es mon meilleur ami, je sais que tu as agi pour mon bien. Maintenant, on a assez parlé ! J'ai faim !

— Tu penses que tu es guérie, alors ?

— Invite-moi à manger, tu verras !

— Avec plaisir. »

Quelques semaines après, les deux jeunes gens étaient reçus à leur examen. L'année scolaire était finie. L'heure du grand départ était venue pour Eddy. Il avait déjà vendu sa moto.

Cette nuit-là, après avoir assisté à une projection au cinéma de l'Amitié, les deux amis décidèrent de marcher dans les rues de la ville.

« Tu as déjà fixé la date de ton départ ? demanda Kouty.

— Non, pas vraiment. Si j'écoutais mes parents, je partirais demain.

— C'est vrai, plus rien ne te retient. Tu as ton bac, le but est atteint.

— Kouty, ne dis pas ça. Tu me fais mal au cœur. Je ne veux pas te laisser. Viens avec moi ! Mon oncle te procurera un visa. Et puis, question finances, je peux t'aider.

Tu pourras choisir l'école que tu veux. Je possède plus d'argent que je ne pourrai jamais en dépenser. »

En disant ces mots, il s'était arrêté au milieu du trottoir.

« Eddy, ne recommence pas. On a déjà parlé de ça.

— Oui, je sais. Mademoiselle veut aller au Ghana pour vendre la maison qu'Odile lui a léguée et s'installer en Côte-d'Ivoire. À Abidjan, précisément. Quelle idée ! Et pourquoi, pour une fois, ce ne serait pas moi qui déciderais ?

— Je te l'ai dit, je ne me sentirais pas à l'aise en Europe. Je préfère rester en Afrique.

— Comment tu peux le savoir ? Tu n'es jamais venue en Europe. »

La mauvaise foi de Kouty était évidente. Elle reprit la marche et le garçon la suivit.

« Je viendrai te voir, c'est promis.

— J'y compte bien, dit-il en lui prenant la main. Mais si tu ne veux pas quitter l'Afrique, pourquoi tu ne restes pas à Bamako avec ton frère, dans ta maison ? Pourquoi aller à Abidjan où tu ne connais personne ?

— Pourquoi ci, pourquoi ça ! C'est comme ça, un point c'est tout ! C'est la vie, Eddy. C'est ma vie. »

En vérité, le jeune homme avait des doutes sur les motifs de ce déplacement. Il n'insista pas. Il craignait de savoir la vérité.

« Je t'accompagne, dit-il.

— Comment, tu m'accompagnes ? dit-elle, étonnée.

— Oui. Je viens au Ghana et en Côte-d'Ivoire. Je m'en irai quand tu seras installée.

— T'es fou, ça va prendre du temps !
— J'ai deux mois de vacances, comme tout le monde.
— Tu vas me manquer », dit Kouty, songeant à leur imminente séparation.

Victor et Fatma tentèrent eux aussi de dissuader la jeune fille. Rien n'y fit. À l'heure dite, elle embarqua sur Air Afrique avec Eddy. Le séjour à Accra, pour vendre la maison d'Odile, fut bref. La petite villa trouva rapidement acquéreur. Avec l'aide des amis du colonel Jean qui les accueillirent à Abidjan, les deux jeunes gens trouvèrent sans problème ce que recherchait Kouty : une petite villa, pas loin du centre, pour y installer un restaurant. Mais l'immobilier est cher dans cette ville, et tout l'argent de Kouty y passa.

« Pas mal, commentait Eddy au milieu de la pièce principale. Avec quelques travaux, ça va aller.
— Sans doute, mais ce sera pour l'an prochain. J'ai à peine assez d'argent pour équiper la cuisine, installer un bar et louer des tables et des chaises.
— Puisque tu es trop fière pour accepter un don, fais-toi prêter de l'argent.
— Mais par qui ? Je ne connais personne ici, tu le sais bien. Aucune banque ne me prêtera un centime !
— Les personnes physiques peuvent prêter.
— Hum... Je te vois venir avec tes gros sabots...
— Réfléchis avant de refuser. Je te fais un prêt à taux zéro. Je te laisserai me rembourser, je te le promets. »
Kouty regarda le jeune homme, le sourcil levé, ce qui, chez elle, était signe de perplexité.

« Parole de marquis.
— J'avoue que ta proposition est alléchante.
— Allons, accepte. Au nom de notre vieille amitié. »

La maison comprenait un salon donnant sur une véranda, deux chambres, une salle de bains et une cuisine. Kouty fit abattre le mur qui séparait le salon de la véranda et entoura l'espace ainsi créé par des grilles en fer forgé. Plus tard, des plantes y entremêleraient leurs feuillages. L'une des chambres fut ensuite divisée en deux parties. L'une prolongeait la cuisine, pour la rendre plus fonctionnelle. L'autre constituerait les toilettes pour les clients. Kouty conserverait l'usage de la chambre attenante à la salle de bains, dont elle fit condamner la porte donnant sur le salon. Enfin, elle fit percer le mur pour y aménager une sortie indépendante. Cette chambre était spacieuse. Elle y installa un petit canapé, une table basse, séparés de son lit par une cloison en bois laqué. La terre battue du jardin fut semée de gazon et de magnifiques parterres de fleurs multicolores.

Quand les travaux furent terminés, le restaurant de Kouty était un endroit doux et accueillant. Tout y incitait au repos. C'était un îlot de paix et de fraîcheur dans cette ville brûlante et bruyante.

Pour faire connaître son établissement, baptisé « Chez Odile », Kouty organisa un déjeuner gratuit auquel elle convia quelques employés de bureau du voisinage. Elle envoya ausi une invitation dans les ambassades. Les amis de Jean de Soultrait se chargèrent de faire découvrir ce nouveau lieu de la gastronomie à la population française implantée dans la ville. Ceux-ci y emmenèrent ensuite leurs relations américaines et européennes. Comme on dit chez nous : « le Blanc appelle le Blanc ».

Peu de temps après, la jeune fille s'inscrivit en études de commerce à l'université. Deux semaines avant la fin des vacances, elle fit venir de Bamako une cuisinière, Anta, qui la remplacerait aux fourneaux. Après trois ans d'apprentissage au « Mouton Blanc », Anta était devenue un vrai cordon bleu. Kouty lui avait appris à lire et à écrire. Elle savait donc que la jeune femme était parfaitement capable d'assurer la bonne marche du restaurant. Recrutée par Marceline et Odile comme bonne à tout faire, payée cinq mille francs par mois comme il est d'usage dans nos pays, Anta accourait à la cuisine dès qu'elle avait fini le ménage qui constituait l'essentiel de sa tâche. Elle prenait alors plaisir à donner un coup de main au cuisinier et possédait un réel talent culinaire. Les deux femmes avaient décidé de l'employer à la cuisine. Anta était une jeune femme Bobo, de constitution robuste. Elle était de taille moyenne et son visage rond arborait un beau sourire chaque fois qu'elle s'adressait à quelqu'un. La franchise de son caractère avait vite séduit Kouty.

Le restaurant « Chez Odile » ne possédait pas d'autre chambre que celle de Kouty. Anta dormait donc sur le canapé-lit. Le nouvel établissement employait trois autres personnes de la ville, deux jeunes filles et un jeune homme. Les filles assuraient le service et aidaient à la cuisine. Kouty leur avait fait confectionner trois tenues différentes, qui s'adaptaient à l'esprit des menus. Un ensemble à la mode africaine, un sari chatoyant et une petite robe à carreaux rouges et blancs. Le jeune homme s'occupait de l'entretien et remplissait la fonction de veilleur de nuit. Kouty supervisait le tout et soignait personnellement le jardin avec un savoir-faire hérité des deux femmes qui l'avaient adoptée.

11

Ce soir-là, Eddy rentrait en France au terme de près de quatre ans d'« exil » au Mali. Il avait insisté pour que Kouty ne l'accompagne pas à l'aéroport, afin de se persuader que son départ n'était pas définitif. Il quitta ses hôtes aux environs de dix-huit heures pour se rendre au restaurant où il trouva la jeune fille assise sur un banc dans le jardin, face au plus gros massif de fleurs. Il vint près d'elle et elle lui tendit la tasse de tisane qu'elle était en train de boire. Il en but à son tour quelques gorgées.

« C'est délicieux, dit-il pour rompre le silence.

— Je savais que tu aimerais, c'est du quinquéliba. Je t'en ai préparé deux petits sacs.

— Merci.

— Merci à toi. Merci pour tout. »

Et le silence retomba. Bon sang ! Quelles banalités ! pensa Eddy. Lui, qui avait tant de choses à dire, restait silencieux aux côtés de la femme de sa vie, et se contentait de la regarder pour graver à jamais dans sa mémoire ce corps et ce visage parfaits.

Le regard perdu au lointain, Kouty pensait à celui qui était là, assis près d'elle. Elle se souvenait de ses parents. Son père, noir comme elle. Sa mère, blanche comme lui. Ils avaient pensé que leur amour serait plus fort que leur différence de peau, et qu'il vaincrait les ressentiments de leurs familles. Ils s'étaient trompés. Et pourtant, ils étaient du même pays. Kouty se tourna vers Eddy. Le regard du jeune homme trahissait les sentiments qu'il avait pour elle. Mais elle se sentait loin, séparée de lui en raison de l'apartheid qui n'en finissait pas en Afrique du Sud. Par l'esclavage encore bien présent en Amérique. Par l'Afrique, toujours sacrifiée.

Eddy pourtant n'avait rien à voir avec les ennemis de Kouty. Mais le monde était comme ça et elle ne se sentait pas la force de le refaire. En outre, Eddy n'avait aucune place dans la vie que Kouty avait choisie. Personne ne pourrait jamais la détourner de son désir de vengeance. Ce soir-là, le jeune homme sortait de l'existence de la jeune fille. Définitivement, selon elle. Mais lui, il était certain de n'avoir pas dit son dernier mot.

Au fil des mois suivants, Kouty glana çà et là des renseignements précis sur la famille de Fadhel ag Sidilamine, le commanditaire du meurtre des Tall. Fadhel était un homme au teint blême, avec un regard glacial, des petits yeux enfoncés dans leurs orbites, une chevelure noire et luisante, des favoris blancs. Il était grand, de carrure athlétique. Il avait de l'allure. Il était maintenant intégré à la classe bourgeoise et jouissait de ses avantages. Il habitait une vaste demeure blanche avec un étage, entourée d'un jardin parfaitement entretenu agrémenté d'une belle piscine, dans un quartier résidentiel de la ville, à quelques pas de la mer. Le premier enfant des Sidilamine, Leïla, avait à peu près l'âge de Kouty. Elle appartenait à cette catégorie de jeunes gens qui rêvent de faire le métier de papa-maman. Elle suivait donc des cours de dentisterie. Après tout, c'était peut-être la meilleure solution. Leïla recherchait toujours la compagnie de son père avec qui elle aimait à parler politique et carie dentaire, tandis que son petit frère, Khaled, son cadet de trois ans, recherchait plutôt celle de leur mère, Zakiatou. Cette femme avait un esprit vif, un visage serein, de grands yeux tendres et un caractère en harmonie parfaite avec l'exercice de sa profession : elle écrivait des histoires pour enfants. Quant au petit dernier, Talal, un garçon de cinq ans et demi, il faisait ses premiers pas dans le monde. Il ne marquait aucune préférence pour son père ou sa mère. Mais il avait déjà une devise : *à moi le monde et les bêtises !* Un petit diable, comme disait son ancienne nounou.

Tout ce beau monde était servi par quatre domestiques.

Une jeune femme chargée du ménage et du blanchissage, un homme plus âgé pour la cuisine, un jardinier qui s'occupait aussi de l'entretien de la piscine et du gardiennage, et une étudiante qui venait deux fois par semaine saisir les textes écrits par madame Sidilamine, car la maîtresse de maison détestait particulièrement ce travail. Fadhel était un notable. Il était respecté pour son intégrité. Son épouse et lui donnaient l'image d'un couple heureux. On ne lui connaissait aucune liaison avec d'autres femmes. Zakiatou aimait et admirait son mari. Toute son existence et celle de ses enfants tournaient autour de lui.

Leïla, dynamique et ouverte, était une fille de son temps. D'une austère beauté, presque aussi grande que son père, elle lui ressemblait comme une jumelle. Il lui arrivait de fumer et de boire un peu, pour « s'éclater » avec des amis. Mais elle était très sérieuse dans la poursuite de ses études. C'était une élève brillante. Khaled, lui, avait plutôt hérité de la beauté de sa mère et de sa tendance à la paresse. Il était en classe de seconde, et accordait à son travail le minimum d'intérêt pour éviter le pire. Ses bulletins portaient toujours la mention « Peut mieux faire ». Fadhel se désespérait, Zakiatou en riait. Le père finit par s'y faire en se disant que les châtiments corporels et les punitions ne serviraient à rien, étant donné la nature profonde de son fils. En ce qui concernait les relations de Talal à l'école, elles étaient pour l'instant d'ordre purement sentimental : il y trouvait des camarades de jeux.

D'instinct, Kouty se disait qu'il lui faudrait commencer par trouver le moyen de s'infiltrer dans cette famille afin de pouvoir librement circuler dans la maison sans éveiller les soupçons. Une fois sur place, elle verrait. Pour réaliser son plan, il lui fallait entrer en relation avec l'un des membres de la famille. Son choix s'arrêta sur Zakiatou.

L'épouse de Fadhel aimait faire du vélo pendant ses heures de loisir. Chaque matin, après avoir accompagné sa petite famille sur le perron de la maison et souhaité une bonne journée à l'étudiante, au dentiste, au lycéen et à l'écolier, elle prenait son vélo et faisait le tour du beau quartier où elle vivait. Cette randonnée quotidienne se terminait le plus souvent par une petite visite chez ses amis de toujours, Hama et Farida Walet, un couple habitant le même quartier, pour partager le plaisir d'un thé à la mode arabe.

Un matin, alors qu'elle rentrait de sa promenade, madame Sidilamine vit un deux-roues lâché à toute vitesse lui foncer dessus et elle n'eut pas le temps de l'éviter. Avant d'avoir réalisé ce qui se passait, elle se retrouva étendue sur la chaussée, son vélo renversé, et, penché au-dessus d'elle, un beau visage noir empreint d'inquiétude.

« Ne bougez surtout pas ! Je vais appeler une ambulance.

— Une ambulance ! Hors de question ! C'est un bien grand remède pour un si petit mal… »

En disant cela, Zakiatou se redressa et s'assit.

« Vous êtes sûre que tout va bien ?

— Mais oui, quelques égratignures, c'est tout… »

Elle se releva alors et une grimace déforma son visage quand elle prit appui sur son pied gauche.

« Mon Dieu ! s'exclama Kouty. Laissez-moi vous aider. Surtout, ajouta-t-elle en passant son bras autour de la taille de la jeune femme, n'utilisez pas votre pied gauche. Où allez-vous ?

— Pas loin, heureusement. J'habite à deux pas d'ici.

— Oh… J'aurais pu vous casser la jambe…

— À la vitesse où vous alliez, c'est sûr ! Je ne vous ai pas vue arriver ! »

Kouty n'eut guère d'efforts à fournir. Les domestiques vinrent au-devant de leur maîtresse. La jeune fille récupéra les deux vélos et pénétra dans la villa à la suite du cortège. Elle n'avait subi aucun dommage, son vélo tout-terrain était intact. Celui de madame Sidilamine avait été sérieusement endommagé. Ce qui arrangeait fortement Kouty.

Zakiatou, qui refusait d'aller à l'hôpital, fit appel au médecin de famille. Il lui banda le pied et lui conseilla quelques jours d'immobilité. Après son départ, Kouty affichait un air contrit et la maîtresse de maison l'invita à prendre quelques sucreries.

« Je vais réparer votre vélo.

— Vous pensez que c'est possible ? Je crois qu'il a été plus atteint que moi.

— Eh bien, je vous en offrirai un autre.

— Mais non, ce n'est pas la peine.

— Comment donc ? Je suis la cause de tous vos malheurs présents et à venir, pour quelques jours du moins.

— Arrêtez... Dites-moi plutôt pourquoi vous rouliez si vite.

— J'adore la vitesse. Je roule toujours à cette allure, sans problème. Aujourd'hui, mes freins ont lâché. J'ai été prise de panique juste au moment où vous arriviez. Je n'ai pas su éviter le choc. Mais je vous assure que je suis désolée de vous voir dans cet état. À cause de mon inattention.

— Ne soyez pas si sévère avec vous-même. C'était la volonté de Dieu. Et puis assez parlé de tout ça. Je ne connais même pas votre nom. Parlez-moi de vous. »

Une heure plus tard, la jeune fille avait repris le chemin de son restaurant, non sans promettre à madame Sidilamine de revenir en visite. Ce qu'elle fit. Dans le panier attaché à son vélo, elle emmenait toujours un nouveau plat à goûter. La convalescente, gourmande de nature, y était sensible, et faisait honneur à tous les mets.

« Kouty, vous réveillez mon appétit… Rien que des bonnes choses de chez nous. Je vous assure que ma première sortie sera un dîner dans votre restaurant. Je viendrai avec mon mari. C'est un fin gourmet, vous verrez.

— Je serai charmée de vous recevoir. »

Kouty n'avait rencontré aucun des membres de la famille, car elle avait calculé son coup et venait en visite le matin. Elle avait en revanche croisé les Walet. Tous deux professeurs, ils avaient des horaires plus souples.

Le dernier jour d'immobilisation arriva. Ce jour-là comme tous les autres, Kouty trouva Zakiatou allongée sur un transat, mais vêtue cette fois d'une robe fleurie aux couleurs vives au lieu de son peignoir de teinte pastel. Hama Walet était près d'elle, penché sur les illustrations de l'histoire qu'elle venait d'écrire, et elle lui parlait des personnages.

« Bonjour, dit Kouty.

— Bonjour ! J'ai enfin reçu les illustrations, venez voir !

— Oui, avec plaisir ! Mais je meurs de soif ! Laissez, n'appelez personne, je vais me servir. Je reviens dans une seconde. »

Donnant sur la terrasse par une porte-fenêtre aux vitres faites de miroirs sans tain, s'étendait un petit patio que l'on traversait pour se rendre à la cuisine. Il était donc possible de voir sans être vu. Après avoir bien vérifié que les domestiques n'étaient pas dans le secteur, Kouty sortit son appareil photo du petit sac qu'elle portait à la ceinture et elle se mit à mitrailler le couple. Puis elle rangea l'appareil et se rendit à la cuisine, le sourire aux lèvres. Réflexion faite, ces jours de visite à la malade n'avaient pas été inutiles.

12

Fadhel avait assez mal avalé le fait que la responsable de l'accident de sa femme s'en soit tirée à si bon compte. Grâce d'ailleurs à la générosité de Zakiatou qui frisait, selon lui, l'inconscience. Il n'avait eu cesse tout le long de la semaine de tenter d'arracher à sa femme, au demeurant sans aucun succès, l'adresse de cette Kouty à qui il comptait bien dire sa façon de penser. C'est donc la rage au ventre qu'il accepta de suivre sa femme « Chez Odile », une semaine jour pour jour après l'accident. Et avec l'intention ferme de se venger. Zakiatou avait récupéré totalement l'usage de son pied. Kouty, prévenue le matin par un coup de fil de Zakiatou, s'était mise en frais pour acheter une nouvelle toilette. Elle ne put que constater les effets positifs de cet investissement en voyant le regard de Fadhel se poser longuement sur elle. Toute pensée belliqueuse semblait s'être évanouie du visage de l'homme devant cette jeune fille majestueuse, reine de la beauté noire.

« Tu vois, Fadhel, dit Zakiatou à son époux quand

Kouty se fut éloignée, je te connais mieux que tu ne l'imagines. Je savais que tu changerais d'avis en la voyant. Ce n'est pas n'importe qui. Tu as trop de préjugés sur les Noirs.

— Je t'en supplie, ma chérie, ce dîner est délicieux. Ne viens pas me couper l'appétit avec tes histoires de chimpanzés. Tu connais mon point de vue là-dessus. Mais, pour en revenir à cette fille, j'avoue qu'elle a une certaine classe. Je ne sais pas pourquoi, mais son visage m'est familier. Oui, ça me rappelle quelqu'un…

— Qui ça ?

— Je ne sais plus. Je n'arrive pas à m'en souvenir. Mais j'ai la vague impression de l'avoir déjà vue.

— Hum… Attention, mon chéri… Ça prend les allures d'un coup de foudre…

— Allons, jamais de la vie ! Tu as trop d'imagination, ma belle. Je ne pêche pas dans ces eaux-là, moi.

— Ah… Il ne faut jamais dire : "Fontaine, je ne boirai pas de ton eau…"

— Allez, arrête de te moquer de moi », dit-il, en tirant doucement sur les longs cheveux soyeux de Zakiatou et en mimant le mari outragé. Ils partirent alors tous deux d'un éclat de rire.

Quand ils demandèrent l'addition, Kouty vint les voir à leur table et leur dit :

« Ce soir, vous êtes mes invités, c'est le moins que je puisse faire pour vous. »

Et d'un geste, elle découragea Fadhel qui cherchait à insister pour régler sa note.

« Eh bien, Kouty, mon époux et moi, nous vous remercions de cette faveur. Mais que ce soit bien clair : c'est la dernière fois ! »

La jeune fille répondit par un sourire et disparut derrière la porte battante qui menait à la cuisine, après avoir souhaité une bonne fin de soirée à ses invités. Séduits par cet accueil et par la qualité de la nourriture, monsieur et madame Sidilamine devinrent des habitués du restaurant. Et c'est tout naturellement qu'ils y convièrent les Walet.

Les mois passèrent, ponctués par les dîners que Fadhel prenait au restaurant avec son épouse, et au cours desquels il se découvrit un intérêt grandissant pour la jeune propriétaire. Comme, vingt-cinq ans plus tôt, il avait ressenti une irrésistible attirance pour Fathy, la mère de Kouty. Lui, qui haïssait les nègres, se surprenait à contempler béatement cette peau couleur de café chaud, lisse et ferme, que la jeune fille exhibait si fièrement. Le moindre regard qu'elle lui adressait lui faisait chaud au cœur. Ses sourires restaient gravés dans sa mémoire. Au-delà de sa race et de la couleur de sa peau, existait cette jeune beauté qui envahissait ses pensées. Fadhel, de nature fidèle, luttait contre ses sentiments. Il était tourmenté et cela se traduisait dans des détails infimes : un regard à peine insistant, la crispation de ses doigts sur les couverts... Détails que seule Kouty savait saisir. Consciente du dilemme qui agitait l'esprit de l'homme, la jeune fille sentit que sa proie était prête et que le moment était venu pour lui de recevoir les preuves de l'infidélité de son épouse. Deux jours après qu'elle avait pris cette décision, Kouty avait fait parvenir par la poste à monsieur Sidilamine une série de photos accusatrices. Ainsi, sur des rectangles de papier glacé éparpillés sur son bureau, le dentiste découvrit sa femme souriant à l'homme qui l'enlaçait. Et cet homme n'était autre que Hama, son ami d'enfance, son alter ego, à qui il aurait, sans hésiter, confié son âme. Fadhel se sentit atteint dans son orgueil bien plus que dans son amour pour sa femme, déjà fragilisé. Il se ressaisit et termina sa journée. Et comme tous les soirs quand il rentrait chez lui, ses enfants vinrent ce soir-là l'embrasser dans le vestibule. Mais pour la première fois, il répondit sans joie aux étreintes de Talal, le petit dernier, né en Côte-d'Ivoire, peu après l'installation de la famille dans cette région. Plus rien désormais ne l'assurait que cet enfant soit réellement le sien. Il ignorait depuis combien de temps durait la liaison de Hama et de Zakiatou. Toutefois, Fadhel, qui possédait un sang-froid hors du commun, sut garder pour lui ses sentiments et ses doutes.

À la table familiale, il sut s'intéresser aux comptes-rendus de la journée de ses enfants et sembla prêter intérêt au dernier chapitre que son épouse avait composé et dont elle leur donna lecture. Il parvint même à suivre à la télé un épisode d'une série qu'il n'appréciait guère mais que sa famille suivait assidûment.

Le lendemain matin, Fadhel, avant de rejoindre son lieu de travail, jeta quelques billets de banque sur la table de nuit.

« Qu'est-ce que tu veux que j'achète ? fit Zakiatou d'un ton enjoué.

— Il est à toi. Tu l'as gagné. J'ai beaucoup apprécié tes prestations cette nuit. Je ne sais pas ce que tu peux faire de cet argent, je ne connais pas les goûts des putains ! »

Le sourire lumineux de Zakiatou disparut en une seconde.

« Mais tu es fou ! Comment tu oses ? Pourquoi tu me traites comme ça ? »

Et elle lança les billets à travers la pièce, pendant que Fadhel se dirigeait vers la porte de la chambre.

« Désormais, ce sera comme ça. Je te paierai.
— Mais je suis ta femme !
— Il est un peu tard pour y penser. On dirait que ton imagination faiblit quand tu choisis tes amants. Tu ne vois pas plus loin que le bout de ton nez ! »

Et, sur ces mots, il jeta sur la moquette un jeu de photos avant de refermer la porte sur une épouse humiliée et désespérée. La jeune femme se précipita sur l'objet qui paraissait avoir déclenché un tel changement dans le comportement de son mari. Quelle ne fut pas sa surprise de se voir sur les photos, dans les bras de Hama, au bord de la piscine de l'hôtel Indépendance !

Sans aucun doute, ces photos avaient été trafiquées. Mais qui avait pu, et pourquoi ? Comment convaincre Fadhel ? L'époux outragé refusa catégoriquement d'aborder de nouveau le sujet et ferma la porte à son ami. Il n'y avait aucun recours.

Pourtant, en public, Fadhel ag Sidilamine restait le mari attentionné qu'il avait toujours été. Mais il se métamorphosait dès qu'il se retrouvait seul avec sa femme. La situation devint vite intolérable pour Zakiatou qui aimait toujours son époux et devenait de plus en plus triste.

Quand les vacances scolaires arrivèrent, date à laquelle madame Sidilamine rendait traditionnellement visite à sa famille à Gao, elle partit avec Talal pour ne plus revenir. Fadhel se retrouva seul dans sa vaste demeure avec Leïla et Khaled. La connivence qui avait existé entre son fils et lui ne fut plus qu'un souvenir. Le jeune homme, qui adorait sa mère, vécut très mal son absence et accusa son père d'avoir provoqué cette situation. Le départ de Zakiatou jeta un voile sur leur relation.

13

Fadhel dînait tous les soirs au restaurant de Kouty, plus attiré par la propriétaire que par la cuisine, pourtant délicieuse. Un soir, la jeune fille vint vers lui pour l'accueillir dès son arrivée.

« Quel plaisir, monsieur Sidilamine ! »

Et elle le conduisit à sa table habituelle.

« Appelez-moi Fa-dhel, dit-il en articulant son prénom. Je vous ai déjà demandé plusieurs fois de m'appeler Fadhel… C'est si difficile que ça ?

— Non, bien sûr que non. Mais c'est la force de l'habitude, vous voyez… Ne m'en voulez pas. Je vous promets de faire un effort.

— Vous me combleriez de joie. »

Elle répondit par un sourire.

« Vous prenez le menu comme d'habitude, ou vous voulez voir la carte ?

— Va pour le menu du jour. Jusqu'à présent, je n'ai pas eu à m'en plaindre.

— Très bien, dit Kouty.

— Mais à une condition...
— Oui, mons... Fadhel !
— C'est que vous acceptiez de dîner à ma table.
— Volontiers », fit-elle en s'asseyant. Et elle commanda deux menus.

« J'ose à peine le croire ! Je rêve ! Non seulement vous m'appelez par mon prénom mais vous acceptez de dîner avec moi ! C'est un bonheur tout nouveau, j'apprécie...
— Vous n'êtes pas difficile à contenter !
— Oh, vous savez, les circonstances vous conduisent souvent à apprécier les petits bonheurs... »

Et ainsi, au cours du repas, entre une soupe de poissons et un couscous marocain, l'homme fit état de ses déboires à la jeune fille qui occupait son esprit, et il lui raconta comment il avait réussi à se débarrasser de son indigne épouse. Il lui parla aussi de ses enfants. Oh, bien sûr, il ne s'en faisait pas pour Leïla, qui achevait sa deuxième année de faculté. Il était si fier de sa fille qui avait choisi de suivre la carrière de son père. Non, le vrai problème, c'était Khaled, qui vivait encore dans le souvenir de sa mère et lui reprochait son départ. Fadhel n'admettait pas ce comportement.

« Laissez-lui le temps de s'habituer, vous verrez, tout va s'arranger.
— Dieu vous entende ! J'aurais bien aimé que vous les connaissiez mieux, dit Fadhel, après un silence.
— Oui, pourquoi pas ? Le week-end, je chante quelquefois. Les jeunes aiment bien en général. Amenez-les ce week-end !

— La beauté, le talent... Dieu vous a donc donné toutes les grâces ?

— Peut-être ! À samedi, donc, dit-elle en quittant la table, suivie de son compagnon qui lui baisa la main.

— Vous pouvez compter sur nous. Je ne manquerai ça pour rien au monde. »

Le jour convenu, Fadhel arriva au restaurant avec ses enfants. « Chez Odile », comme au « Mouton Blanc », tous les samedis un orchestre venait, et ceux qui le désiraient pouvaient ainsi danser. Ce soir, l'orchestre jouait des mélodies douces et légères.

« C'est bon, dit Leïla, la bouche pleine. Et j'aime bien l'ambiance. C'est une bonne idée de nous avoir emmenés ici, tu trouves pas, Khaled ?

— Bof ! fit le jeune homme, maussade, malgré l'intérêt qu'il portait au repas.

— En tout cas, pour un vieux, t'as bon goût ! lança Leïla à son père.

— Vilaine fille », dit Fadhel, en affectant la pose d'un vieillard. Ils se mirent à rire tous les deux et Khaled fit la grâce d'un sourire.

Kouty apparut alors. Depuis son arrivée, Fadhel la cherchait du regard. Elle était coiffée d'une longue queue-de-cheval et vêtue d'une robe imprimée en cotonnade, qui retombait sur ses chevilles. Elle était chaussée de fines bottines indiennes et ne portait pas de maquillage. Elle monta sur la scène, parée de sa seule beauté. La salle s'anima, les plus jeunes gagnèrent la piste de danse au son de la voix mélodieuse de Kouty. Pendant une heure, elle interpréta magnifiquement ses chansons préférées et ses propres compositions. Après son tour de chant, une vedette locale la remplaça sur scène et Kouty vint à la table des Sidilamine, sans oublier d'échanger au passage avec les clients fidèles quelques sourires et quelques propos de convention.

« Bonsoir, Kouty, dit Fadhel. Je suis encore sous le charme. C'est extraordinaire !
— Merci. Mais je vois que vous êtes bien entouré...
— Oh, excusez-moi, je manque à tous mes devoirs...
— Bonsoir, Leïla, je m'appelle Kouty.
— Bonsoir.
— Et je vous présente mon fils, Khaled.
— Bonsoir, Khaled. Je suis très heureuse de vous connaître tous les deux.
— Bonsoir, Kouty, dit Khaled. J'ai adoré la chanson qui s'appelle *Lucifer*. De qui est-elle ?
— De moi.
— C'est drôle, vous arrivez presque à le rendre aimable, ce diable.
— Oui, c'est un bon copain. »

Apparemment, le courant passait. On apprit alors que les deux jeunes gens chantaient en amateurs, que Khaled avait écrit des textes en tamashek. Kouty leur proposa de venir un soir chanter au restaurant.

Le processus était enclenché. Elle l'avait vu dans le regard de Fadhel. Alors, elle commença à se faire rare au restaurant. Fadhel venait tous les jours, même à midi, dans le seul espoir de la voir. En vain. Il ne la revit que le soir prévu pour la prestation de ses enfants, un mois et demi après. Leïla et Khaled étaient venus en avance, pour répéter. À un moment, les deux jeunes femmes se retrouvèrent en tête à tête.

« Mon père vient ici tous les jours, dit Leïla, et c'est pour vous qu'il vient.

— Mais il n'y a rien entre nous, soyez-en sûre.

— Si ça ne tenait qu'à mon père, ça ne saurait tarder.

— Et je suppose que ça ne vous ferait pas plaisir ? Après tout, vous et moi, on a presque le même âge...

— On devrait se tutoyer, vous ne pensez pas ?

— Tu veux dire que tu ne verrais pas d'inconvénients à ce que ton père et moi...

— Aucun. Si tu l'aimes, bien sûr ! Tu sais, ma mère et lui, c'est fini. Depuis qu'il te connaît, on dirait qu'il revit.

— Ah, vraiment ?

— Il cherche évidemment à refaire sa vie. Alors, il vaut mieux que ce soit avec quelqu'un de sympa, comme toi.

— Leïla, si tu savais comme ça me fait du bien... J'avais peur que ton frère et toi... Nous sommes si différents, Fadhel et moi...

— Oh, tu sais, je l'appelle le vieux, mais il a seulement quarante-trois ans...

— Ce n'est pas seulement l'âge...

— Ah, oui ! pouffa Leïla, en réalisant qu'il pourrait s'agir aussi de couleur de peau. Khaled et moi, on était étonnés, parce que s'il y a un raciste à la maison, c'est bien papa ! Mais on n'a qu'à te regarder pour comprendre son changement ! Tu possèdes la pire des armes : la beauté ! La vraie !

— Oh, oh ! Je vois que Khaled n'est pas le seul poète de la famille ! Allez, viens, marieuse, il faut aller rejoindre ton frère, les clients arrivent. »

Effectivement, Fadhel entrait dans la salle.

C'est ainsi que Kouty s'introduisit dans la famille Sidilamine. Une amitié sincère se noua entre la jeune femme et les enfants de Fadhel. Elle était devenue leur confidente et leur conseillère. Ils n'avaient plus de secrets pour elle.

Profitant un jour de l'un des rares moments d'intimité accepté par Kouty, Fadhel tenta de l'embrasser et essuya un violent refus.

« Mais que se passe-t-il ? Tu ne m'aimes pas ?
— Bien sûr que je t'aime.
— Alors pourquoi ? Je suis un homme ! J'ai des désirs.
— Mon cher Fadhel, dit-elle, narquoise, tu crois que c'est comme ça qu'un homme mûr manifeste son amour à une jeune femme ? Mon éducation m'interdit ce genre de choses.
— Mais, Kouty, qu'est-ce que je dois faire alors ?
— Réfléchis ! C'est la bonne question. Et n'oublie pas de m'appeler quand tu auras trouvé la réponse ! »

Malgré le climat de tension, Hama venait toujours « Chez Odile ». Il ne voyait pas les raisons de se priver des délices proposés par cet établissement. Sans parler de la présence appréciable de Kouty, les rares fois où Fadhel n'était pas là. Par ailleurs, Hama ne cherchait nullement à cacher son attirance pour la jeune femme, surtout depuis qu'il avait compris à quel point son ancien ami en était épris. Puisqu'il avait été injustement accusé d'avoir couché avec sa femme, il se dit que c'était là l'occasion rêvée de commettre réellement la faute. Il fit la cour à Kouty, qui n'était pas dupe, et ce, ostensiblement. Il offrait un présent à la jeune femme chaque fois qu'il venait. Des chocolats, des bonbons, une rose rouge. Hama était professeur de lettres modernes au lycée de Cocody. Comme Fadhel, il était très cultivé et Kouty prenait plaisir à l'écouter.

Il avait une grande finesse et une imagination débordante.

Si Kouty ne l'avait pas vu, un certain jour, s'acharner avec un couteau sur la chair de son père, elle aurait pu trouver en lui un agréable compagnon.

14

Deux semaines s'écoulèrent. Kouty ne répondait pas aux appels de Fadhel. Leïla était venue plusieurs fois en visite chez la jeune femme pour plaider la cause de son père, mais n'avait pas obtenu le moindre résultat.

Fadhel, lui, savait qu'il n'obtiendrait rien non plus sans épouser Kouty. Elle semblait avoir des principes. Fadhel aussi. Mais son cœur allait à l'encontre de ceux-ci. Comment concilier les sentiments et la raison ? Il était tombé amoureux d'une négresse, mais il avait du mal à envisager le mariage. Elle était noble, mais elle était noire, donc inférieure. D'ailleurs, une esclave pouvait-elle être noble ? Comment faire pour se débarrasser en peu de temps d'un mode de pensée séculaire ? Pour Fadhel, pour ses ancêtres, un Noir, un nègre, c'était un descendant d'esclave.

Mais Fadhel désirait cette femme. Et il la respectait.

Seules Fathy et elle avaient éveillé en lui ces sentiments-là. Zakiatou aussi, mais avec moins d'intensité.

Après ces deux semaines de silence, Fadhel se rendit au restaurant et demanda Kouty en mariage, selon les règles. Elle avait su faire naître en lui un sentiment amoureux, elle était donc digne d'être sa femme. Effectivement, deux mois plus tard, elle devenait madame Sidilamine. La première phase de son plan avait fonctionné à merveille. Restait à accomplir la seconde, plus délicate et plus astreignante aussi.

Kouty dut prendre sur elle pour assumer le rôle qu'elle s'était imposé. Mais elle savait depuis longtemps se sacrifier à sa cause. Son grand allié, c'était le temps. Elle sut l'utiliser. Pendant une année entière, jour après jour, Kouty joua le rôle de l'épouse modèle auprès de l'homme qu'elle haïssait. Plus d'une fois, le matin, au cours du petit déjeuner, elle se retint de planter son couteau dans la gorge de cet époux maudit, au lieu de le planter dans le beurre. Plus d'une fois, pendant la nuit, quand cet être détesté s'endormait dans ses bras, elle fut traversée par le désir de le blesser à mort. Un simple geste, une arme blanche, pour trouer cette nuque obsédante. Mais ce serait trop simple, trop doux même, pour cet homme qui n'avait pas hésité à sacrifier des vies humaines sous prétexte de défendre ce qu'il prétendait être son honneur. Pendant un an, donc, le ménage Sidilamine eut des allures de perfection. L'harmonie était parfaite. Et Kouty avait même su rétablir l'entente entre le père et le fils. Anta assurait maintenant à temps plein la gestion du restaurant. L'épouse de Fadhel faisait acte de présence seulement pendant les week-ends. Et tous les samedis, la « tribu » Sidilamine dînait « Chez Odile ».

Khaled avait maintenant dix-huit ans et demi. C'était un jeune homme sentimental, un rêveur solitaire. Kouty ne lui connaissait pas de flirt. Il semblait attiré par les belles filles et les beaux garçons, sans discrimination. Kouty, ayant remarqué ce penchant, donna rendez-vous à Azar, un jeune guitariste libanais qui animait régulièrement le restaurant. Ils se rencontrèrent là-bas un samedi matin à dix heures.

Assan Azar était un bellâtre bisexuel notoire. En fait, il se laissait aller à ses penchants au gré des circonstances. Il était du genre irrésistible et Kouty comptait là-dessus. Elle le reçut dans son ancien appartement. Elle entra comme toujours dans le vif du sujet et alla droit au but, dès qu'ils furent installés.

« Tu as bien compris ? dit-elle, en exhibant une photo de Khaled.

— Bien sûr. J'appâte la proie, je harponne, et hop ! Facile !

— Je veux que ça ait l'air spontané.

— Compte sur moi.

— Bien. Ton prix sera le mien, évidemment.

— Dis-moi, ça ne me regarde pas, mais...

— Ça ne te regarde pas, tu l'as dit ! »

Et sur ces mots, elle se leva pour mettre fin à l'entretien, puis ajouta :

« Disons que je pense que vous êtes faits l'un pour l'autre.

— Ça me convient, dit-il en lui serrant la main sur le seuil. La proie est attirante ! À bientôt !

— À bientôt ! »

Kouty se rendit ensuite auprès d'Anta pour étudier les menus de la semaine à venir. Hama fit alors son entrée.

« Comment allez-vous ? Il est un peu tôt pour déjeuner ! Vous avez dû oublier les horaires, ça fait si longtemps que vous n'êtes pas venu...

— Je suis venu pour parler un peu avec la charmante patronne.

— Vous avez bien fait. Venez vous asseoir. »

La discussion avança et les premiers clients commencèrent à arriver. Kouty et Hama déjeunèrent donc ensemble.

« Oh ! s'écria la jeune femme au moment du dessert, il faut que j'y aille, il est deux heures. J'ai promis à Fadhel de rentrer.

— Sans problème, répondit Hama, je vous conduis à votre voiture.

— Je dois prendre un taxi. J'ai laissé la voiture à Leïla.

— Tant mieux, nous irons à pied. Une petite promenade digestive, ça fait du bien. »

Kouty et Hama venaient à peine de sortir du restaurant quand Fadhel apparut.

« Je rêve ! s'exclama-t-il. Que fait ma femme en compagnie d'une ordure ? Toi, fit-il en crachant aux pieds de son ancien ami, l'index pointé sous son nez, si je te vois encore une fois approcher ma femme, je te tue de mes propres mains ! T'es pas un homme, ma parole, t'es un chien ! Il te les faut toutes !

— Je t'interdis de m'insulter ! Je verrai Kouty quand il me plaira !

— Non, mais c'est pas vrai ! Il me nargue ! Je vais te régler ton compte, et tout de suite ! Abruti ! »

Fadhel se précipita sur Hama, mais ils ne purent pas se battre, les passants s'interposant entre eux. Kouty n'avait pas dit un mot. Lorsqu'elle se retrouva avec son mari dans sa voiture, elle lui dit :

« C'était bien la peine de te couvrir de ridicule aux yeux de tout le monde...

— C'est toi qui devrais avoir honte de t'afficher avec cet être abject ! Je te rappelle que tu es mariée !

— Écoute, Fadhel ! Tu as assez joué les maris jaloux ! Je vous ai connus tous les deux au même moment, et c'est toi que j'ai choisi, non ? Ne t'inquiète pas, j'ai choisi.

— Zakiatou aussi avait choisi...

— Mon choix à moi est définitif. L'histoire ne se répétera pas.

— Kouty, j'ai besoin de toi.

— À propos, tu ne devais pas m'attendre às la maison ?

— Oui. Mais je trouvais le temps long, et comme je savais que tu n'avais pas de voiture, j'ai voulu jouer au chauffeur pour ma petite femme. »

15

Assan Azar n'eut aucun mal à conquérir l'amitié de Khaled. Très vite, son ascendant sur le jeune homme se fit sentir. Avec son ami, Khaled découvrait un monde enivrant, le monde trouble des noctambules où les hommes étaient femmes et les femmes, hommes. Une société marginale et sans tabous, dominée par l'argent, le sexe, et la drogue. Khaled commença à passer ses week-ends hors de la maison familiale, ce qu'il n'avait jamais fait auparavant. Puis certains soirs de la semaine. Ce nouveau comportement éveilla un conflit entre Fadhel et son fils. D'autant plus que ces fréquentes sorties nocturnes finissaient par se faire ressentir dans les résultats scolaires de Khaled.

Fadhel interdit donc toute sortie au jeune homme, afin de remettre les choses en ordre. Les relations entre les deux hommes se mirent alors à dégénérer. Khaled, fasciné par le nouveau monde qu'il venait de découvrir et galvanisé par Assan, ne cessait de chercher la bagarre avec Fadhel.

Un soir, à l'heure du dîner, après une violente dispute, l'orage éclata entre le père et le fils. Kouty venait de faire remarquer à Khaled qu'il ne mangeait plus.

« Laisse-le ! dit le père, il pourra faire la tête autant qu'il voudra, je ne céderai pas. Plus de sorties, un point c'est tout ! Et c'est sans appel !

— Mais j'ai dix-neuf ans, Bon Dieu ! Je suis majeur, non ?

— Majeur ! Mais qu'est-ce qui te prend, tu rêves ? D'où ça vient, tu te mets à penser à l'occidentale, maintenant ? Il n'y a jamais deux capitaines sur un bateau, mets-toi ça dans le crâne ! Alors tant que tu vivras ici, tu m'obéiras. Et puis si Monsieur veut qu'on le considère comme un adulte, il n'a qu'à ramener des notes correctes à la maison, et se montrer responsable !

— Papa, je t'en prie, ne t'énerve pas, supplia Leïla.

— Comment veux-tu rester calme, devant un tel comportement imbécile ? Quand j'avais votre âge, je n'avais pas le quart de ce que vous avez ! Et si je suis devenu ce que je suis aujourd'hui, ce n'est certainement pas en traînant mes bottes dans des endroits de perdition ! »

Et, après un silence, il conclut :

« Vous avez tout pour réussir, alors si vous échouez, vous n'aurez aucune excuse. »

Un silence pesant accompagna la fin du repas.

Khaled sortit de table et monta directement dans sa chambre. Kouty le rejoignit.

« C'est vrai que tu fais la tête ? demanda-t-elle.

— Mais non ! répondit le jeune homme du bout des lèvres.

— Alors pourquoi tu te comportes comme ça ?

— J'en ai marre que ce soit toujours lui qui décide pour les autres ! Il n'a pas le droit de me priver de sortie !
— Peut-être, mais tu t'y prends mal.
— Comment ça ?
— Ben oui ! Tu te braques contre lui, tu t'en fais un ennemi. Mais c'est lui le plus fort. Quoi que tu fasses, il aura toujours raison contre toi ! Il faut faire un effort d'analyse.
— Je t'écoute.
— Ton père ne demande qu'une chose : un bon bulletin scolaire. Tu avoueras que tu as des résultats lamentables. Redresse la barre et tu retrouveras ta liberté. Ça ne doit pas être très difficile pour un garçon intelligent comme toi.
— Bof !
— La nuit porte conseil. Réfléchis. »
Kouty éteignit la lumière. Le jeune homme la rappela.
« Kouty !
— Oui.
— Tu es sûre que papa me laissera sortir si je ramène des bonnes notes ?
— Compte sur moi ! »

Les paroles de sa belle-mère firent leur chemin dans l'esprit du jeune homme. Il apporta plus de sérieux à son travail. L'amélioration de ses notes fut vite sensible. Il n'arrêtait plus de progresser. Kouty engagea Fadhel à le récompenser en l'autorisant à sortir le samedi soir. Cet arrangement détendit les relations entre le père et le fils. À la fin du trimestre suivant, la moyenne de Khaled était très satisfaisante. Et à la fin de l'année, au lieu de lire sur son bulletin l'observation « Peut mieux faire », il eut la fierté de découvrir « Bon élève. Félicitations. » Fadhel n'en croyait pas ses yeux.

Kouty consacrait le jeudi aux courses ménagères. Elle emmenait souvent Khaled avec elle, et elle lui offrait à cette occasion un thé à la pâtisserie située en face du supermarché, *le Pam-Pam*. Ce jour-là, Khaled semblait perdu dans ses pensées, lointain.

« Eh, Khaled, je suis invisible ou tu es sourd ?
— Excuse-moi, je rêvais.
— J'avais remarqué. En ce moment, ça t'arrive souvent. Tu es absent. Ailleurs. En fait, on pourrait croire que tu es amoureux.
— Kouty !
— Je sais, je suis du genre à aller droit au but. Mais je ne me trompe pas, n'est-ce pas ? Après tout, c'est normal, à ton âge. Alors, dis-moi qui est l'heureuse élue ?
— Oui, dit le jeune homme troublé, j'aime quelqu'un. Mais ce n'est pas aussi simple que tu l'imagines.
— Voyons, je suis ton amie, non ?
— Certainement, Kouty. Mais tout est si confus dans ma tête. Je ne me l'explique pas moi-même, alors comment…
— Tu n'as qu'à te contenter de répondre à mes questions.
— On peut toujours essayer.
— Tu m'as bien dit que tu étais attiré par quelqu'un ?
— Oui.

— Physiquement ?
— Oui.
— L'amour, c'est ça. Félicitations, mon cher ! Je connais cette personne ?
— Sans doute, oui.
— Quel est son nom ?
— Assan Azar », dit le jeune homme après quelques secondes d'hésitation.

Kouty plongea son regard dans celui de Khaled.
« Tu en es sûr ?
— Oui.
— Je comprends pourquoi tu hésitais à te confier.
— C'est plutôt inhabituel, non ?
— Oui. Enfin, c'est surtout mal accepté. Comme beaucoup de particularités que l'être humain ne tolère pas chez les autres. Mais les autres, ce n'est pas toi. L'essentiel, c'est que tu sois heureux. Tu es heureux ?
— Oh oui ! Comme jamais.
— À part moi, qui d'autre le sait ?
— Personne, répondit Khaled, absorbé dans la contemplation de ses mains.
— Bien. Mais tu sais, si toi, tu n'acceptes pas ta différence, les autres auront encore plus de mal à l'accepter. Il faut assumer ton homosexualité, il faut même en être fier.
— Je sais. J'y ai beaucoup réfléchi. Mais je n'ai pas ta force de caractère, et j'ai peur d'affronter mon père.
— Il le faudra bien. »

Sous le prétexte fallacieux de préparer monsieur Sidilamine à accepter l'homosexualité de son fils, Kouty s'employa à le convaincre de recevoir Assan Azar à la villa. Il fut régulièrement invité à dîner, puis à passer le week-end avec la famille, et à se prélasser au bord de la piscine. Il réussit à séduire Fadhel et Leïla, fascinée par ce bisexuel pervers. Il tissait sa toile autour des deux jeunes gens, déclarant les aimer aussi fort l'un que l'autre, les menaçant même d'abandonner celui des deux qui trahirait leur secret et déclencherait un conflit. Leïla et Khaled commençaient à se détester cordialement et en silence. Leïla devenait une fumeuse invétérée, en cachette de son père bien sûr. Six mois après sa rencontre avec Assan, elle fumait un paquet par jour, d'autant plus qu'Assan augmentait la dose en injectant de la nicotine dans le filtre des cigarettes. L'humeur de Leïla se dégradait donc de jour en jour. Et elle supportait de plus en plus mal de partager celui qui était devenu son amant avec son frère, une semaine sur deux, comme l'avait imposé Assan. Elle ne dormait pas quand les deux hommes passaient la nuit ensemble. Un samedi — Assan était venu passer le week-end à la villa, comme de coutume — Kouty et le Libanais firent le point de la situation.

« Ça y est, Kouty ! Leïla craque ! Elle est à bout de nerfs.

— Oui, je l'ai remarqué. Il faut dire que tu n'y vas pas de main morte. Je crois qu'elle t'aime vraiment. Elle n'a même pas voulu en parler avec moi.

— Tu parles ! C'est carrément de la folie, oui ! Elle me lâche plus, un vrai pot de colle ! Si tu voyais comment elle me supplie !

— Pas de détails, s'il te plaît !

— Oh là là ! Madame aurait-elle des retours de conscience ?

— Mon ami, ce mot est obscène dans ta bouche. Je te paie pour jouer les psychologues de chambre à coucher, mais aussi pour que tu fasses fonctionner uniquement la partie de ton corps que tu connais le mieux, répliqua-t-elle en indiquant cette partie du regard. C'est clair, monsieur le guitariste ? »

Devant ces propos cinglants, Assan resta sans voix. Kouty l'abandonna pour rejoindre les autres sur la terrasse. Ma conscience ? Elle est morte depuis longtemps, depuis le 6 mars 1984, se dit-elle en s'éloignant.

Cependant, Assan Azar avait vu juste. La jalousie, dont les effets étaient décuplés par la toxicomanie, rendait Leïla versatile. Son comportement fut bizarre au long de toute la journée. En fait, elle n'en pouvait plus. Elle aimait Assan et elle ne voulait pas partager cet amour.

Après le dîner, Leïla s'était réfugiée dans sa chambre. Elle y resta toute la soirée, se demandant comment elle pourrait s'y prendre pour révéler à son père la nature des relations existant entre Assan et Khaled, sans que Fadhel en tire des conclusions la concernant. C'est Khaled qui lui fournit la solution. La chambre de son frère étant contiguë à la sienne, elle entendit des murmures et des cris qui en disaient long sur ce qui s'y passait. Leïla n'hésita pas longtemps. Elle sortit de sa chambre et se dirigea en silence vers celle de Fadhel et de Kouty, à l'autre bout du couloir. Après un bref coup sur la porte, elle s'adressa à son père :

« Papa, viens vite ! Je crois que Khaled est très malade !

— Qu'est-ce que tu dis ? s'exclama-t-il, en sortant de son lit, tandis que Kouty allumait la lampe de chevet.

— Il gémit ! Je l'ai entendu à travers la cloison ! »

Fadhel se précipita vers la chambre de son fils et l'ouvrit brusquement. Pendant une fraction de seconde, il dut se tenir au chambranle de la porte pour ne pas s'écrouler. Découvrir ce qu'il avait sous les yeux était le pire spectacle imaginable pour un homme aussi fier que lui. La posture dans laquelle étaient les jeunes gens ne laissait aucun doute sur leur relation. Le sang de Fadhel ne fit qu'un tour. Il se rua sur Assan et lui balança son poing dans la figure, projetant le jeune homme au bas du lit. Khaled, qui s'était levé brusquement en voyant son père, s'élança vers lui, et l'agrippa par-derrière.

« Arrête, papa ! Tu vas le tuer !

— Arrière, maudit ! fit le père, en se dégageant de l'emprise de son fils et en le jetant hors de la chambre. Et tu oses me parler ? »

Puis il se retourna vers Khaled et lui décrocha deux coups de poing avant de lui donner un coup de pied dans le ventre.

« Non ! » crièrent ensemble Leïla et Kouty.

Khaled se trouvait en haut des escaliers. Le coup de pied de Fadhel le précipita en bas des marches, inanimé. Pendant un instant, personne ne bougea. Les deux femmes n'avaient pas trouvé le temps d'intervenir.

Elles coururent à leur tour vers l'escalier.

« Mon Dieu ! Qu'est-ce que j'ai fait ? dit Leïla, la tête entre les mains.

— Allons, calme-toi, il revient à lui, murmura Kouty, penchée sur le corps de Khaled.

— Dieu soit loué, papa, il est vivant, dit Leïla en se retournant vers Fadhel.

— Pour moi, il est mort.

— Fadhel, il faut l'emmener à l'hôpital, il a la jambe gauche abîmée.

— Tu m'entends ! Je viens de dire à Leïla que je n'ai plus de fils. Fais ce que tu veux de lui, ça ne me concerne plus !

— Tu as de la chance que je n'aie pas de temps à perdre. Tu ne perds rien pour attendre ! s'exclama Kouty. Assan, viens ! Assan ! »

Assan arriva en enfilant un T-shirt. Il avait un œil au beurre noir.

« Fumier ! Sors de chez moi ! hurla Fadhel.

— Aide-moi à transporter Khaled sur le perron. Et toi, Leïla, va chercher la voiture. »

Kouty emmena donc le jeune homme dans le meilleur hôpital de la ville. Il fut admis immédiatement en salle d'opération. Il avait une fracture et quelques contusions sans gravité. Il resta quinze jours à l'hôpital. Il ne reçut aucune visite de son père, ni d'Assan Azar. Et il en fut fortement affecté.

16

Lorsqu'il rentra chez lui avec une jambe dans le plâtre et des béquilles sous le bras, son père ne lui prêta aucune attention. Pas l'ombre d'un geste ou d'un regard pour ce fils maudit, définitivement renié. Jamais, durant la convalescence de Khaled, les deux hommes n'eurent le moindre échange. Fadhel semblait ignorer la présence de son fils. Il s'arrangeait pour l'éviter systématiquement et Khaled en faisait autant envers lui.

Le jeune homme avait fini par se résoudre à se cloîtrer dans sa chambre, seul endroit de la maison où il pouvait trouver le repos. Fadhel avait promis à Kouty de ne pas chasser Khaled, mais il n'avait pas promis de vivre avec lui. Le garçon fut tellement mortifié par l'attitude de son père qu'il en oublia Assan. Aussi, dès qu'il fut guéri, il alla rejoindre sa mère au Mali.

Mais si Khaled avait oublié Assan, il n'en était pas de même pour Leïla, qui ne vivait que pour le Libanais. Son père la croyait à l'internat, elle s'installa chez Assan et sa bande de noctambules. Elle avait déserté l'université et les injections de drogue avaient remplacé le tabagisme. Leïla ne reculait devant rien pour obtenir sa dose. Et Assan faisait régulièrement à Kouty un compte-rendu de l'état dégradé de Leïla.

17

Un matin, de bonne heure, Kouty alla en visite chez Hama. Il la reçut avec autant de joie que de surprise. La demeure du professeur, plus modeste que celle de Fadhel, était accueillante et joliment aménagée. La pièce où Kouty fut reçue s'ouvrait sur un jardin bien entretenu, embaumé par le parfum des roses.

« Ma visite doit vous étonner, dit-elle, devant une tasse de thé fumant.

— J'avoue que c'est un rare honneur, et c'est le deuxième cadeau de la journée pour moi !

— Pourtant, elle commence à peine !

— Oui, mais le facteur vous a précédée, dit Hama, en lui tendant une photo sortie de l'enveloppe qu'il tenait dans les mains. C'est Zakary, mon frère. Avec son nouveau-né dans les bras. Il m'annonce son arrivée ici. Ça me fait tellement plaisir, si vous saviez ! Il y a très longtemps que je ne l'ai pas vu. Lui et moi, nous sommes très liés, de vrais copains... »

Quand il parlait de son frère, Hama était très prolixe et il parla longtemps sans remarquer le trouble que la vue de cette photo avait provoqué chez Kouty, et sans s'étonner du silence absolu dans lequel elle s'était enfermée.

De petite taille et plutôt enveloppé, Zakary, sur cette photo, était rasé de près. Son grand nez, busqué, jetait une ombre légère sur ses lèvres charnues. Hama était grand et voûté. Son visage aux pommettes creuses disparaissait toujours sous une barbe de plusieurs jours. Son nez était fin et long, ses lèvres minces recouvraient à peine une rangée de petites dents jaunes. Le seul trait physique que les deux frères avaient en commun, c'était leur regard. Les mêmes yeux, grands, noirs, frangés de longs cils épais et surmontés de sourcils en broussaille.

Bien des années s'étaient écoulées depuis la tragédie, mais la blessure de Kouty se rouvrait facilement, et la seule vue de cette photo réveilla sa souffrance comme une lame pénétrant une plaie. L'homme exhibait son descendant, dernier maillon d'une chaîne maudite que la jeune femme s'était juré de briser.

« Il ne vous ressemble pas beaucoup, remarqua-t-elle.

— C'est vrai. Je tiens de notre mère, et lui tient plutôt de notre père.

— Et quand aurai-je la chance de faire sa connaissance ?

— Dans une dizaine de jours, je pense.

— Ah ! Et pour longtemps ?

— Je pense qu'il restera également dix jours.

— Très bien, je m'en réjouis.

— Mais assez parlé de lui ! Vous avez certainement une bonne raison d'être venue me voir.

— Oui, en effet. Voilà. En ce moment, je suis très préoccupée par le comportement de ma belle-fille, et vous êtes mon seul espoir, enfin, la seule personne, je pense, qui soit capable d'aider Leïla à remonter la pente.

— Leïla ? Mais que lui arrive-t-il ?

— Elle est tombée entre les mains d'une bande de mauvais garçons, une bande de voyous drogués. Elle vit avec eux, ne suit plus ses études.

— Mon Dieu ! Et son père ?

— Il ne se doute de rien, autrement, vous imaginez...

— Ça oui !

— Il la croit à l'internat. Elle avait l'habitude de rentrer le week-end, et c'est de pire en pire. On ne la voit plus qu'une fois par mois, et encore... Sous prétexte qu'elle a des examens à préparer.

— Et son père n'y voit que du feu ?

— J'en serais au même point si je n'avais pas appris par une de ses amies ce que sa vie est devenue.

— Je vois...

— Je sais qu'elle a confiance en vous, Hama. Je sais qu'elle est venue ici plusieurs fois vous voir sans le dire à Fadhel. Je voudrais que vous l'aidiez à s'en sortir avant qu'il ne soit trop tard ou que...

— ... Fadhel ne l'apprenne.

— Voilà. Après l'histoire de Khaled, je ne saurais prévoir sa réaction.

— Vous avez bien fait, Kouty. Je vous promets de faire de mon mieux. Je constate une fois encore que votre beauté n'a d'égale que votre bonté. »

Après avoir transmis à Hama l'adresse de Leïla, Kouty le quitta. Sur le chemin du retour, elle pensa au frère de Hama. Sa venue était providentielle. Mais il n'y avait plus de temps à perdre. Rentrée à la villa, elle téléphona à Assan.

« Maintenant, c'est fini pour toi, dit-elle, tu lâches la proie.

— Ah ! Il était temps ! Elle commençait vraiment à me fatiguer !

— Bien. Tu disparais de sa vie au plus vite.

— Entendu ! »

Assan ne se fit guère prier. Après avoir touché la somme importante que Kouty lui fit remettre, il sortit de la vie de Leïla, comme il y était entré. Du jour au lendemain, la jeune fille se retrouva seule au milieu des copains d'Assan, qui lui affirmaient n'avoir aucune nouvelle de lui. Pour Leïla, le monde entier s'écroulait. Car le monde, pour elle, se résumait aux beaux yeux de cet homme, à son sourire moqueur et à son corps d'athlète. Comme elle était bien dans ses bras ! C'était son seul refuge. Elle ne pouvait imaginer la vie sans Assan. Elle l'aimait de tout son cœur, de tout son être, de toute son âme, tout son corps réclamait la présence de cet homme. N'avait-elle pas tout sacrifié pour lui ? Obsédée par son souvenir, malade de chagrin, elle était persuadée qu'il allait revenir. Elle décida de rester enfermée dans la chambre où ils avaient vécu tous les deux. Elle l'attendrait là. Son oncle Hama la trouva donc vautrée sur le lit, les yeux dans le vague, perdue dans ses rêves et ses souvenirs. Depuis quatre jours, elle était ainsi prostrée. Elle avait vendu tous ses bijoux de valeur pour se procurer des doses de drogue de plus en plus importantes. Hama eut de la peine à retenir ses larmes en voyant Leïla hagarde, tremblante et sale, dans ce lit défait qui paraissait immense tant la jeune fille était chétive. Leïla se laissa emmener sans résistance. Désormais, tout lui était égal. Son oncle, inquiet pour sa santé, la conduisit chez l'un de ses amis médecins, le docteur Marc Duchemin, qui la fit admettre dans la clinique où il exerçait.

« Tiens, dit le médecin, en refermant la porte sur la patiente placée sous sérum, je croyais que tu étais fâché avec Fadhel.
— En effet.
— Alors, qu'est-ce que tu fais avec sa fille ?
— C'est une longue histoire. Je te raconterai. Tu comptes la garder longtemps ?
— Oui, son cas me paraît sérieux. Il faut que je la garde pour lui faire perdre l'accoutumance à la drogue.
— Bien. Mais vu les relations que j'ai avec Fadhel, je te laisse le soin de l'informer de la situation.
— Ah ? Il n'est pas au courant ?
— Tu as tout compris !
— Mais je lui raconte quoi, moi ?
— Ce que tu sais », lança Hama en partant.

18

Hama s'attendait bien sûr à une visite de Fadhel après le coup de fil du docteur Duchemin. Mais il ne s'attendait pas à le voir débouler en pleine rue, à la sortie de son lycée. Il vit d'abord un poing lui foncer dessus et lui défoncer le nez. Le choc et la surprise lui firent perdre l'équilibre et il tomba.

« C'est un premier avertissement, cria Fadhel que quelques élèves retenaient. Si jamais j'apprends que tu es responsable de l'état dans lequel se trouve ma fille, je te tue !

— Tu es fou à lier, Fadhel ! C'est la seule explication tangible ! » dit Hama en se collant un mouchoir sur le nez.

Fadhel regagnait déjà sa voiture. Il ne répondit pas un mot.

Fadhel était sous le coup du désespoir. La détresse avait élu domicile dans son cœur. Son esprit en était envahi. Il avait perdu tout son sang-froid, ne se laissait plus guider que par ses impulsions. Mais comment ne pas être aveuglé quand le destin vous arrache ainsi un à un les membres de votre famille, faisant de vous, après trois paternités, un homme seul. Talal, Khaled, et maintenant Leïla ! Il ne pouvait s'y résoudre. Il doutait peut-être des liens de sang qui l'unissaient à Talal, mais il était certain d'être le père de Khaled et de Leïla. Découvrir la vraie nature de Khaled avait été pour lui un déshonneur, et sa vie était atteinte dans son essence même. Il aurait préféré voir son fils mort. Et pourtant, Dieu sait qu'il l'aimait !

Il était à bout. Il ne voulait pas, ne pourrait pas sans dommage se séparer de sa fille. Ses deux fils lui manquaient déjà terriblement. En garant sa voiture devant la clinique, il sentit des larmes couler sur son visage. Il les essuya du revers de sa main gauche, sortit de sa voiture et disparut dans l'immense bâtiment blanc.

19

Ce soir-là, quand Kouty rentra chez elle, elle trouva son époux assis dans le salon. Toutes les lumières étaient éteintes.

« Mais qu'est-ce que tu fais dans le noir ? » s'exclama-t-elle en allumant.

Elle ne reçut aucune réponse et s'approcha de Fadhel, affalé sur le canapé, une main sur les yeux.

« Tu es rentré tôt aujourd'hui ! Qu'est-ce qui se passe ?

— Rien, fit-il en reniflant.

— Oh, mais tu pleures ! constata Kouty en retirant la main de Fadhel de son visage.

— Kouty ! Kouty ! Si tu savais ! dit-il, en se réfugiant dans les bras de sa femme.

— Allons, mon chéri, calme-toi. Je suis là, je vais t'aider.

— Oh, je n'ai plus que toi ! Que deviendrais-je si tu m'abandonnes ?

— Voyons ! C'est à cause de Leïla ?

— Elle sortait de clinique aujourd'hui, tu sais…

— Bien sûr. On attend ça depuis des jours !

— Eh bien, elle est sortie. Mais elle refuse de venir ici. Elle me rend responsable du départ d'Assan, ce chien ! Elle m'en veut à mort ! Elle dit qu'elle n'a plus de père. Tu te rends compte, Kouty ? Je n'ai plus d'enfants ! Et ils sont vivants ! Mais ils ne sont plus à moi ! C'est la pire des choses qui puisse arriver à un père !

— Mais c'est un vrai mélodrame, ma parole ! Tu ne vas quand même pas te laisser abattre ! Réveille-toi ! Réagis !

— Que veux-tu que je fasse ? Elle ne veut plus de moi !

— Attends ! Elle a quitté la clinique, elle est bien quelque part ? Où est-elle ? Chez Hama ?

— Sans doute ! Où veux-tu qu'elle aille ? Elle sait bien en plus que je n'irai jamais la chercher là-bas ! Je suis certain que c'est lui qui l'a détournée.

— Je sais que tu en veux à Hama. Mais il faut que tu y ailles, que vous parliez tous les trois.

— Tu ne penses tout de même pas que je vais aller chez cet énergumène pour discuter de mes problèmes familiaux !

— Mais il est impliqué dans cette histoire ! N'oublie pas que c'est lui qui a sauvé Leïla ! Si tu tiens vraiment à recoller les morceaux avec ta fille, je ne vois pas d'autre solution. Tu dois faire un effort.

— Tu penses vraiment ?

— J'en suis certaine.

— Alors, j'irai demain. »

Kouty le regarda en fronçant les sourcils.

« Enfin, si tu préfères, j'irai tout à l'heure.

— Il faut y aller maintenant, Fadhel. Sinon, tu n'iras jamais. Je te connais. »

Fadhel se leva et Kouty l'accompagna jusqu'au portail.

« Bonne chance, mon chéri.

— Merci, mon ange. Je t'aime. »

Lorsque son mari fut parti, Kouty rentra précipitamment chez elle, courut dans sa chambre où elle échangea son tailleur et ses talons hauts contre un sweat-shirt et des jeans noirs et où elle enfila des espadrilles. Elle s'en alla ensuite par la porte donnant sur l'arrière de la villa et sur une petite ruelle peu fréquentée, armée du pistolet que Fadhel gardait dans le tiroir de son bureau.

Kouty était bien consciente de l'état de fatigue et de surmenage dans lequel les conflits successifs avec ses enfants avaient plongé Fadhel. Elle savait qu'il serait incapable de se contrôler, et c'est en connaissance de cause qu'elle l'avait envoyé chez le professeur Walet.

Elle se rendit donc à la villa de ce dernier et se posta dans le jardin, d'où elle put observer la scène qui se déroulait sur la terrasse.

Après quelques échanges houleux, monsieur Sidilamine laissa éclater sa colère et, s'emparant des cisailles qui traînaient sur la terrasse, il en menaça le professeur.

Après avoir constaté que tout se passait selon ses prévisions, Kouty rentra chez elle pour attendre Fadhel, qui lui raconta la suite. Il la trouva en chemise de nuit.

« Hama et Zakary sont plus idiots l'un que l'autre ! Ils m'ont fichu dehors, moi !

— Tu l'as bien cherché ! A-t-on idée d'aller menacer les gens de mort dans leur propre maison ? Comment voulais-tu qu'ils réagissent ? Enfin, c'est tout de même positif.

— Je ne te suis plus...

— Eh bien... Leïla aura compris que son père pense à elle.

— Tu crois ?

— Mais oui. Demain, j'irai leur parler et tout ira mieux.

— Que Dieu t'entende !

— Maintenant, il faut que tu te calmes, que tu boives une tisane bien chaude et que tu ailles te coucher.

— À vos ordres, Madame ! » fit-il presque gaiement, en prenant la tasse que lui tendait son épouse.

20

Quand son mari fut endormi, Kouty remit ses vêtements noirs et refit le trajet jusqu'à la maison du professeur Walet. Elle pénétra sans problème dans le jardin, s'avança doucement jusqu'à la terrasse et s'empara au passage des cisailles abandonnées sur le sol. Elle s'était procuré un trousseau de clefs de cambrioleur, et, après trois essais, elle réussit à ouvrir la porte. Comme elle connaissait la maison, elle trouva tout de suite la chambre de Hama, au premier étage, s'arrêta devant la porte qu'elle ouvrit avec mille et une précautions, prêtant l'oreille au moindre bruit. Une fois dans la chambre, elle se glissa jusqu'au lit où reposait Hama, couché sur le dos, les bras le long du corps, la pomme d'Adam offerte. Kouty n'hésita pas. D'une main experte, elle se saisit des cisailles qui devinrent entre ses mains une arme redoutable. Elle les tenait à deux mains et leva les bras pour les laisser retomber avec force sur le cou décharné du professeur. Sous la violence du choc et de la douleur, Hama ouvrit des yeux épouvantés et sa bouche se déforma dans un rictus muet, tandis que ses mains essayaient vainement de se débarrasser des deux lames plantées dans sa gorge. Il agitait ses jambes dans tous les sens. Mais la jeune femme pesait de tout son poids sur les cisailles, serrant les anneaux comme une forcenée. Un long râle s'échappa de la gorge ensanglantée. Il y avait du sang partout, il giclait de la blessure béante que les efforts de la victime ne faisaient qu'agrandir. Après un moment de lutte acharnée, dans un silence presque absolu, les muscles de Hama se relâchèrent et la vie abandonna ce corps maintenant étalé en travers du lit et baignant dans son sang. Kouty en avait les bras recouverts, le visage et le torse inondés.

Elle abandonna le corps secoué des derniers soubresauts, et elle se rendit dans la salle de bains attenante pour se laver le visage. Sans enlever les gants de caoutchouc qu'elle avait enfilés pour accomplir le meurtre, elle lava également le sweat-shirt dans le lavabo. Enfin, elle quitta la maison des Walet, son tricot mouillé fourré dans un sac en plastique trouvé dans la cuisine.

21

Elle rentra chez elle. Après avoir mis son linge à sécher, elle prit une douche et regagna la chambre où son mari dormait toujours. Puis elle enfila une chemise de nuit et une robe de chambre, et glissa dans la poche le revolver de Fadhel. Son mari se réveilla alors.

« Oh, fit-il en se retournant dans le lit, j'ai dormi tout habillé.

— Oh, mais il fait encore nuit, tu sais. Il est trois heures du matin, tu peux encore te changer. Ah ? Mais je crois que nous avons de la visite, dit-elle, en désignant la fenêtre.

— À cette heure-ci ? Mais qui est-ce ?

— C'est Zakary. Il a l'air bien agité. Tu devrais aller ouvrir avant qu'il réveille tout le quartier.

— Mais quelle famille ! Qu'est-ce qu'ils nous veulent encore ?

— On verra bien. Je vais me faire chauffer du lait. »

Le couple descendit l'escalier et Fadhel se dirigea vers la porte d'entrée, tandis que Kouty allait à la cuisine.

Quand il ouvrit la porte, Zakary s'apprêtait à la défoncer à l'aide d'un gourdin, dont il asséna un grand coup sur le crâne de Fadhel.

« Assassin ! hurlait-il, tu as fini par exécuter tes menaces ! Tu l'as tué ! Mais tu ne m'échapperas pas ! Je vais t'envoyer le rejoindre ! »

Fadhel, déjà groggy par le coup qu'il avait reçu, ne comprenait rien aux propos de son agresseur. Zakary n'eut pas le temps d'aller plus loin. Une balle en pleine tête venait de mettre fin à ses jours et à ses désirs de vengeance. Appuyée à la rampe de l'escalier, son bol de lait dans une main, Kouty avait tiré. Zakary s'affaissa mollement. Le coup de feu acheva de réveiller Fadhel. Il se précipita sur le corps de son ami d'enfance.

« Tu l'as tué ! Il est mort ! criait-il, abasourdi.

— Bien sûr qu'il est mort. C'est pour te sauver, mon chéri. Légitime défense, fit-elle en lui mettant l'arme dans les mains pour prendre le téléphone.

— Mais... C'est mon revolver ! s'étonna-t-il.

— Quelle perspicacité, mon amour ! C'est sûrement pour ça que je suis tombée amoureuse ! railla-t-elle.

— Et de quoi prétends-tu m'avoir sauvé, hein ? Je n'ai rien fait de mal !

— Oh, mon pauvre chéri ! Tu ne te souviens plus de rien ? » ajouta-t-elle, toujours narquoise.

Fadhel n'en revenait pas. Il n'avait jamais vu son épouse ainsi. Il était sidéré. Kouty débordait de haine. Une haine froide, implacable, et il en était la cible.

« Le choc a dû être terrible, continua-t-elle. Tu as assassiné ton ami, ton ancien ami, pardon. D'un méchant coup de cisailles, juste à cet endroit, là », fit-elle en désignant sa gorge.

Là-dessus, abandonnant son mari, elle composa le numéro du commissariat le plus proche.

« Allô, police ? Venez vite, je viens de tuer un homme. »

Puis elle donna l'adresse avant de reposer le combiné.

« Je ne comprends rien ! Comment peux-tu savoir ? Zakary n'a même pas eu le temps de le dire !

— Parce que c'est moi qui l'ai tué.

— Quoi ? Mais tu plaisantes !

— Pas du tout. Et c'est toi qui seras accusé.

— Pourquoi ?

— Mais parce que j'ai tout fait pour ça. Et Dieu sait que tu m'as bien facilité la tâche, cher époux. Tu l'as menacé de mort, trois fois, devant des témoins ! Même ta fille pourra en témoigner au tribunal.

— Au tribunal !

— Parfaitement. Tu comparaîtras et seras accusé d'homicide volontaire avec préméditation.

— Mon Dieu ! Mais si tu me hais à ce point, pourquoi m'as-tu épousé ? Qui es-tu ?

— Je t'ai épousé pour mieux te dévorer, comme le loup du conte... Et je suis... ce que tu as fait de moi, rien d'autre.

— Moi ?

— Oui, toi. Toi, Fadhel ag Sidilamine. Car je suis Kouty Tall, la fille que tu aurais pu avoir avec Fathy al Ouleïdy, si elle n'avait pas compris à temps quel monstre tu étais !

— Fathy... dit-il, dans un souffle. Oh mon Dieu ! Je savais bien que ce regard ne m'était pas étranger.

— Je crois que ce n'est pas la peine que je t'explique

pourquoi j'ai fait ça, n'est-ce pas ? Tes amis ont dû, ce jour-là, te faire le récit détaillé de leur "sortie", non ? Le souvenir de cette journée macabre est mon seul héritage. »

Le Targui, qui s'était réfugié dans un fauteuil, s'effondrait davantage de seconde en seconde.

« Je présume que je te dois aussi mes déboires avec mes enfants...

— Tous tes malheurs portent ma signature ! Même le départ de Zakiatou ! C'est moi aussi qui ai débarrassé la terre de Zahiby, de Mohamed et d'Attaher ! Ces vermines que tu as chargées d'accomplir ce que ta lâcheté ne te permettait pas d'accomplir toi-même !

— Pourquoi tu n'as pas laissé Zakary me tuer ?

— C'était une mort trop douce pour toi. Ta misérable existence ne vaut rien, comparée à la vie des miens. Je veux te voir souffrir mille morts tous les jours que Dieu fait. Tu iras en prison et par mes soins, crois-le bien, tu subiras un traitement particulier ! Je ferai de toi une loque humaine ! Je veux te voir partir lentement. Tu vivras ton enfer ici-bas, car je ne crois pas à l'au-delà. »

Des larmes coulaient le long des joues de l'homme abattu. Les sirènes de la police déchirèrent la nuit. Kouty s'installa avec le téléphone sur le canapé où Fadhel ne se reposerait plus jamais.

« Allô !
— Oui ?
— Eddy ? C'est moi. »

SÉRIE NOIRE

Dernières parutions :

2340.	CORVETTE DE NUIT	*Marc Villard*
2341.	LES CHAPACANS	*Michèle Courbou*
2342.	L'ANGE ET LE RÉSERVOIR DE LIQUIDE À FREINS	*Alix de Saint-André*
2343.	QUITTER KAT	*Karen Kijewski*
2344.	MEURTRES POUR DE VRAI	*Marc Gerald*
2345.	TIR À VUE	*Serge Quadruppani*
2346.	LES LARMES DU CHEF	*Daniel Picouly*
2347.	RETOUR DE BÂTON	*A. B. Guthrie*
2348.	DERNIÈRE STATION AVANT JÉRUSALEM	*Alain Demouzon*
2349.	POINT MORT	*José-Louis Bocquet*
2350.	LES GUERRIERS DE L'ENFER	*Robert Stone*
2351.	MOURIR APRÈS LA GUERRE	*Max Allan Collins*
2352.	LA GRANDE MAGOUILLE DE 1944	*Andrew Bergman*
2353.	LE PENSEUR DE VALLORBE	*Eliane K. Arav*
2354.	LE PENDU D'HOLLYWOOD	*Andrew Bergman*
2355.	ŒDIPE-ROI	
2356.	TRÈS PRIVÉ	*Alexandre Valletti*
2357.	COUP DE CHAUD	*Philip Lee Williams*
2358.	LE PONT DE MOSCOU	*Pierre Léon*
2359.	LA FOIRE AUX SERPENTS	*Harry Crews*
2360.	PROTHÈSE	*Andreu Martin*
2361.	LA DANSE DE L'OURS	*James Crumley*
2362.	VENDEURS DE MORT	*Donald Goines*
2363.	J'ÉPOUSERAI PLUTÔT LA MORT	*Frédéric Castaing*
2364.	LA VIE DE MA MÈRE !	*Thierry Jonquet*
2365.	GANGRAINE	*Elizabeth Stromme*
2366.	HAMMETT	*Joe Gores*
2367.	PARCOURS FLÉCHÉ	*Jean-Pierre Bastid*
2368.	CIRQUE À PICCADILLY	*Don Winslow*
2369.	L'OMBRE ROUGE	*Cesare Battisti*
2370.	TOTAL KHÉOPS	*Jean-Claude Izzo*
2371.	LA FACE CACHÉE DE LA LUNE	*Georgui Vaïner et Leonid Slovine*
2372.	HISTOIRE DE LA FEMME QUI AVAIT ÉPOUSÉ UN OURS BRUN	*John Straley*
2373.	PÉRICLÈS LE NOIR	*Peppe Ferrandino*
2374.	LES FILS PERDUS DE SYLVIE DERIJKE	*Pascale Fonteneau*
2375.	INNOCENT X	*Laurent Fétis*
2376.	JE M'APPELLE REVIENS	*Alexandre Dumal*

2377.	RN 86	Jean-Bernard Pouy
2378.	LE MIROIR AUX ALLUMÉS	Jacques Humbert
2379.	LES RACINES DU MAL	Maurice G. Dantec
2380.	LE COCHON QUI FUME	James McClure
2381.	LA PELOUZE	M. A. Pellerin
2382.	UNE PETITE DOUCEUR MEURTRIÈRE	Nadine Monfils
2383.	LE PAYS DE DIEU	Ray Ring
2384.	J'AI CONNU FERNANDO MOSQUITO	Rique Queijão
2385.	M'SIEUR	Alain Gagnol
2386.	PIQUÉ SUR LA ROUGE	Gregorio Manzur
2387.	COMME VOUS ET MOI	Seymour Shubin
2388.	MARILYN LA DINGUE	Jerome Charyn
2389.	ZYEUX-BLEUS	Jerome Charyn
2390.	KERMESSE À MANHATTAN	Jerome Charyn
2391.	1275 ÂMES	Jim Thompson
2392.	N'Y METTEZ PAS LE DOIGT	Christopher Wilkins
2393.	LES TROTTOIRS DE BELGRANO	Pierre-Alain Mesplède
2394.	COMMENT JE ME SUIS NOYÉ	Serge Quadruppani
2395.	SURF CITY	Kem Nunn
2396.	LE CHANTEUR DE GOSPEL	Harry Crews
2397.	MÉMOIRE EN CAGE	Thierry Jonquet
2398.	MA CHÈRE BÉA	Jean-Paul Nozière
2399.	DAME QUI PIQUE	Craig Smith
2400.	FREE	Todd Komarnicki
2401.	NADINE MOUQUE	Hervé Prudon
2402.	LE SANG DU DRAGON	Christian Gernigon
2403.	LE VOLEUR QUI AIMAIT MONDRIAN	Lawrence Block
2404.	DU SABLE DANS LES GODASSES	Juan Sasturain
2405.	CITÉS DE LA PEUR	Collectif
2406.	BÉNÉDICTION	Robert Sims Reid
2407.	LA FENÊTRE OBSCURE	James Durham
2408.	GROOTKA	Jon A. Jackson
2409.	LE TRUC	Mat Messager
2410.	LES MORTES	Jorge Ibargüengoitia
2411.	LA REVANCHE DE LA COLLINE	Hervé Prudon
2412.	LA NUIT DE ST.-PAULI	Frank Göhre
2413.	AGENCE BLACK BAFOUSSA	Achille F. Ngoye
2414.	KARMANN BLUES	José-Louis Bocquet
2415.	LOUBARD ET PÉCUCHET	Michel Lebrun
2416.	LE MIROIR DE BOUDDHA	Don Winslow
2417.	LE TANGO DU MAL-AIMÉ	Sergio Sinay
2418.	VINYLE RONDELLE NE FAIT PAS LE PRINTEMPS	Hervé Prudon
2419.	L'EFFET TEQUILA	Rolo Diez
2420.	TRAHISON FRATERNELLE	James Colbert
2421.	LE MANGEUR D'ORCHIDÉES	Marc Laidlaw

№	Titre	Auteur
2422.	CHOURMO	*Jean-Claude Izzo*
2423.	HOMICIDE À BON MARCHÉ	*Alain Wagneur*
2424.	KATAPULT	*Karen Kijewski*
2425.	LE FLIC À LA CHENILLE	*James McClure*
2426.	ÇA VA ? ÇA VA	*Frédéric Castaing*
2427.	LA CAVALE DE KENYATTA	*Donald Goines*
2428.	LOTERIE EN NOIR ET BLANC	*Max Allan Collins*
2429.	LE PRODUIT D'ORIGINE	*A. B. Guthrie Jr.*
2430.	BLOCUS SOLUS	*Bertrand Delcour*
2431.	NOTRE-DAME DES NÈGRES	*Jean-Pierre Bastid*
2432.	BUENA ONDA	*Cesare Battisti*
2433.	DIVORCE, JACK !	*Colin Bateman*
2434.	LA BOURDE	*Marc Alfred Pellerin*
2435.	TIURAÏ	*Patrick Pécherot*
2436.	JÉSUS AUX ENFERS	*Andreu Martin*
2437.	LA RELIGION DES RATÉS	*Nick Tosches*
2438.	LE PROGRAMME E. D. D. I.	*Serge Preuss*
2439.	LES EFFARÉS	*Hervé Le Corre*
2440.	RÊVES PÈLERINS	*Ray Ring*
2441.	PHALANGE ARMÉE	*Carlo Lucarelli*
2442.	LES TREIZE MORTS D'ALBERT AYLER	*Collectif*
2443.	VOUS PRENDREZ BIEN UNE BIÈRE ?	*Joseph Bialot*
2444.	LES LUMIÈRES DE FRIGO	*Alain Gagnol*
2445.	AMIGO	*Lars Becker*
2446.	NEVERMORE	*William Hjortsberg*
2447.	SUEURS CHAUDES	*Sylvie Granotier*
2448.	LES CURIEUX S'EN MORDENT LES DOIGTS	*John Straley*
2449.	LA CRÊTE DES FOUS	*Jamie Harrison*
2450.	CET AMOUR QUI TUE	*Ronald Levitsky*
2451.	PUZZLE	*Laurent Fétis*
2452.	L'HOMME QUI ACHETA RIO	*Aguinaldo Silva*
2453.	SIX KEY CUT	*Max Crawford*
2454.	LE LIQUIDATEUR	*Jon A. Jackson*
2455.	ZONE MORTUAIRE	*Kelt & Ricardo Montserrat*
2456.	QUE D'OS !	*Jean-Patrick Manchette*
2457.	TARZAN MALADE	*Hervé Prudon*
2458.	OTTO	*Pascale Fonteneau*
2459.	UN PAYS DE RÊVE	*Newton Thornburg*
2460.	LE CHIEN QUI VENDAIT DES CHAUSSURES	*George P. Pelecanos*
2461.	LE TUEUR DU CINQ DU MOIS	*Max Genève*
2462.	POULET CASHER	*Konop*
2463.	LE CHARLATAN	*W. L. Gresham*
2464.	TCHAO PAPA	*Juan Damonte*
2465.	NOTES DE SANG	*François Joly*
2466.	ISAAC LE MYSTÉRIEUX	*Jerome Charyn*

2467.	LA NUIT DU CHASSEUR	*Davis Grubb*
2468.	LA BALLADE DES PENDUS	*Steven Womack*
2469.	TUEZ UN SALAUD !	*Colonel Durruti*
2470.	BERLIN L'ENCHANTEUR	*Colonel Durruti*
2471.	TREIZE RESTE RAIDE	*René Merle*
2472.	LE VEILLEUR	*James Preston Girard*
2473.	LE SALTIMBANQUE	*Julien Sarfati*
2474.	LA CRYPTE	*Roger Facon*
2475.	DIALOGUES DE MORTS	*Philippe Isard*
2476.	LE CHENIL DES FLICS PERDUS	*Philippe Isard*
2477.	CHAPEAU !	*Michèle Rozenfarb*
2478.	L'ANARCHISTE DE CHICAGO	*Jürgen Alberts*
2479.	BROUILLARD SUR MANNHEIM	*B. Schlink et W. Popp*
2480.	HARJUNPÄÄ ET LE FILS DU POLICIER	*Matti Yrjänä Joensuu*
2481.	PITBULL	*Pierre Bourgeade*
2482.	LE JOUR DU LOUP	*Carlo Lucarelli*
2483.	CUL-DE-SAC	*Douglas Kennedy*
2484.	BRANLE-BAS AU 87	*Ed Mc Bain*
2485.	LA VIE EN SPIRALE	*Abasse Ndione*
2486.	SORCELLERIE À BOUT PORTANT	*Achille F. Ngoye*
2487.	AVIS DÉCHÉANCE	*Mouloud Akkouche*
2488.	UN BAISER SANS MOUSTACHE	*Catherine Simon*
2489.	MOLOCH	*Thierry Jonquet*
2490.	LA BALLADE DE KOUSKI	*Thierry Crifo*
2491.	LE PARADIS TROIS FOIS PAR JOUR	*Mauricio Electorat*
2492.	TROIS P'TITES NUITS ET PUIS S'EN VONT	*Nicoletta Vallorani*
2493.	LA PENTE	*M.A. Pellerin*
2494.	LA VÉRITÉ DE L'ALLIGATOR	*Massimo Carlotto*
2495.	ÉTUDE EN VIOLET	*Maria Antonia Oliver*
2496.	ANTIPODES	*Maria Antonia Oliver*
2497.	FLOUZE	*Ed Mc Bain*
2498.	L'ÉPOUSE ÉGYPTIENNE	*Nino Filasto*
2499.	BARCELONA CONNECTION	*Andreu Martin*
2500.	SOLEA	*Jean-Claude Izzo*
2501.	MONSIEUR ÉMILE	*Nadine Monfils*
2502.	LE TUEUR	*Frémion*
2503.	ROUTE STORY	*Joseph Bialot*
2504.	RAILS	*Vincent Meyer*
2505.	LA NUIT DU DESTIN	*Christian Gernigon*
2506.	ADIEU COUSINE…	*Ed McBain*
2507.	LA SCOUMOUNE	*José Giovanni*
2508.	HOMME INCONNU Nº 89	*Elmore Leonard*
2509.	LE TROU	*José Giovanni*
2510.	CAUCHEMAR	*David Goodis*
2511.	ÉROS ET THALASSO	*Chantal Pelletier*
2512.	ZONES D'OMBRE	*J. Dutey & Jane Sautière*

Nº	Titre	Auteur
2513.	CADAVRES	*François Barcelo*
2514.	CHATS DE GOUTTIÈRE	*Rolo Diez*
2515.	L'ÉNERVÉ DE LA GÂCHETTE	*Ed McBain*
2516.	ÉQUIPE DE NUIT	*M.J. Naudy*
2517.	CONFESSION INFERNALE	*Michel Tarou*
2518.	CASINO MOON	*Peter Blauner*
2519.	LA BICYCLETTE DE LA VIOLENCE	*Colin Bateman*
2520.	FISSURE	*Francis Ryck*
2521.	UN MATIN DE CHIEN	*Christopher Brookmyre*
2522.	AU PLUS BAS DES HAUTES SOLITUDES	*Don Winslow*
2523.	ACID QUEEN	*Nicholas Blincoe*
2524.	CONSENTEMENT ÉCLAIRÉ	*Serge Preuss*
2525.	LES ARDOISES DE LA MÉMOIRE	*Mouloud Akkouche*
2526.	LE FRÈRE PERDU	*Rick Bennet*
2527.	DANS LA VALLÉE DE L'OMBRE DE LA MORT	*Kirk Mitchell*
2528.	TÉLÉPHONE ROSE	*Pierre Bourgeade*
2529.	CODE 6	*Jack Gantos*
2530.	TULAROSA	*Michael McGarrity*
2531.	UN BLUES DE COYOTE	*Christopher Moore*
2532.	LARCHMÜTZ 5632	*Jean-Bernard Pouy*
2533.	LES CRIMES DE VAN GOGH	*José Pablo Feinmann*
2534.	À CONTRE-COURANT DU GRAND TOBOGGAN	*Don Winslow*
2535.	FAMINE	*Todd Komarnicki*
2536.	LE ROI DU K.O.	*Harry Crews*
2537.	UNE ÉTERNELLE SAISON	*Don Keith*
2538.	TÉMOIN DE LA VÉRITÉ	*Paul Lindsay*
2539.	DUR À FUIR	*Patrick Quinn*
2540.	ÇA FAIT UNE PAYE !	*Ed McBain*
2541.	REMONTÉE D'ÉGOUT	*Carlos Sampayo*
2542.	DADDY COOL	*Donald Goines*
2543.	LA SANTÉ PAR LES PLANTES	*Francis Mizio*
2544.	LE BANDIT MEXICAIN ET LE COCHON	*James Crumley*
2545.	PUTAIN DE DIMANCHE	*Pierre Willi*
2546.	L'ŒIL MORT	*Jean-Marie Villemot*
2547.	MOI, LES PARAPLUIES	*François Barcelo*
2548.	ENCORE UN JOUR AU PARADIS	*Eddie Little*
2549.	CARTE BLANCHE *suivi de* L'ÉTÉ TROUBLE	*Carlo Lucarelli*
2550.	DODO	*Sylvie Granotier*
2551.	LOVELY RITA	*Benjamin Legrand*
2552.	DÉPEÇAGE EN VILLE	*Bernard Mathieu*
2553.	LE SENS DE L'EAU	*Juan Sasturain*
2554.	PRESQUE NULLE PART	*Summer Brenner*
2555.	VIA DELLE OCHE	*Carlo Lucarelli*
2556.	CHIENS ET LOUVES	*Jean-Pierre Perrin*
2557.	HARJUNPÄÄ ET LES LOIS DE L'AMOUR	*Matti Yrjänä Joensuu*
2558.	BAROUD D'HONNEUR	*Stephen Solomita*

2559. — SOUPE AUX LÉGUMES . . . . Bruno Gambarotta
2560. — TERMINUS NUIT . . . . Patrick Pécherot
2561. — NOYADE AU DÉSERT. . . . . Don Winslow
2562. — L'ARBRE À BOUTEILLES . . . . Joe R. Lansdale
2563. — À FLEUR DE SANG . . . . Robert Skinner
2564. — RETOUR AU PAYS . . . . Jamie Harrison
2565. — L'ENFER À ROULETTES . . . . Daniel Evan Weiss
2566. — LE BIKER DE TROIE . . . . A.A. Attanasio et
Robert S. Henderson
2567. — LA FIANCÉE DE ZORRO . . . . Nicoletta Vallorani
2568. — UNE SIMPLE QUESTION D'EXCÉDENT DE
BLÉ . . . . Nicholas Blincoe
2569. — LE PARADIS DES FOUS . . . . Virion Graçi
2570. — FEUER ET FLAMINGO. Norbert Klugmann
2571. — BLEU MISTRAL, La ballade d'un Yougo (t. 1) . Vladan Radoman
2572. — LA VESTALE À PAILLETTES D'ALUALU. . . . . . Christopher Moore
2573. — LA MORT FAIT MAL . . . . Michel Embareck
2574. — MARGINALIA . . . . Hosmany Ramos
2575. — NE CRIE PAS . . . . Roseback & Ricardo
Montserrat
2576. — ORPHELIN DE MER suivi de 6, RUE BONA-
PARTE, La ballade d'un Yougo (t. 2). . . . . Vladan Radoman
2577. — LA COMMUNE DES MINOTS. . . . . Cédric Fabre
2578. — LE CHANT DU BOUC. Chantal Pelletier
2579. — LA VANITÉ DES PIONS . . . . Pascale Fonteneau
2580. — GANGSTA RAP . . . . Marc Villard
2581. — CŒUR DE GLACE . . . . Doug Allyn
2582. — UN HIVER À MANNHEIM . . . . Bernard Schlink
2583. — ERRANCE . . . . Lawrance Block
2584. — LE FAUCON VA MOURIR . . . . Harry Crews
2585. — UN ÉTÉ JAPONAIS. . . . . Romain Slocombe
2586. — N'OUBLIE PAS D'AVOIR PEUR . . . . Marc-Alfred Pellerin
2587. — SÉRAIL KILLERS. . . . . Lakhdar Belaid
2588. — LONG FEU . . . . Olivier Douyère
2589. — CHIENS SALES . . . . François Barcelo
2590. — LES ACHARNÉS. . . . . Jean-Marie Souillot
2591. — PECCATA MUNDI . . . . Annelise Roux
2592. — LE MAMBO DES DEUX OURS . . . . Joe R. Lansdale
2593. — VAGABONDAGES . . . . Michèle Rozenfarb
2594. — LE TANGO DE L'HOMME DE PAILLE . . . . Vicente Battista
2595. — PÉRIPHÉRIQUE BLUES . . . . Jeanne Gamonet
2596. — HARJUNPÄÄ ET L'HOMME-OISEAU . . . . Matti Yrjänä Joensuu
2597. — LA CHAIR DES DIEUX. Martine Azoulai
2598. — RIEN NE BRÛLE EN ENFER. . . . . Philip José Farmer
2599. — LA HOTTE . . . . Vincent Meyer
2600. — LA NUIT DES ROSES NOIRES . . . . Nino Filastò

2601. — DANSE DE DEUIL . . . . *Kirk Mitchell*
2602. — FAUT QU'ÇA CHANGE . . . . *Serge Preuss*
2603. — LE CONDOR . . . . *Stig Holmås*
2604. — L'AUTRUCHE DE MANHATTAN. . . . . *Colin Bateman*
2605. — LA MUSIQUE DES CIRCONSTANCES . . . . *John Straley*
2606. — LES BROUILLARDS DE LA BUTTE . . . . *Patrick Pécherot*
2607. — LA CINQUIÈME AFFAIRE DE THOMAS RIBE . . *Øystein Lønn*
2608. — L'AGONIE BIEN EMPLOYÉE D'EIGHTBALL BARNETT. . . . . *Henry Joseph*
2609. — PARIS PARIAS . . . . *Thierry Crifo*
2610. — LE ROYAUME DES AVEUGLES . . . . *Christopher Brookmyre*
2611. — FEU DE PRAIRIE . . . . *Jamie Harrison*
2612. — COPYRIGHT . . . . *Hervé Le Corre*
2613. — LE ROSAIRE DE LA DOULEUR . . . . *Michel Embareck*
2614. — GO BY GO . . . . *Jon A. Jackson*
2615. — TIR AUX PIGEONS. . . . . *James Crumley*
2616. — LES ROUBIGNOLES DU DESTIN . . . . *Jean-Bernard Pouy*
2617. — BRUME DE PRINTEMPS . . . . *Romain Slocombe*
2618. — BALLET NOIR À CHÂTEAU-ROUGE . . . . *Achille F. Ngoye*
2619. — UNE COUVERTURE PARFAITE . . . . *Linda Chase et Joyce St. George*
2620. — LE BOUT DU MONDE . . . . *Collectif*
2621. — 12, RUE MECKERT. . . . . *Didier Daeninckx*
2622. — TROUBLES FÊTES . . . . *Chantal Pelletier*
2623. — LE NŒUD GORDIEN . . . . *Bernhard Schlink*
2624. — POUSSIÈRE DU DÉSERT . . . . *Rolo Diez*
2625. — EN AVANT LES SINGES ! . . . . *Pierre Bourgeade*
2626. — L'ENNUI EST UNE FEMME À BARBE . . . . *François Barcelo*
2627. — COMME UN TROU DANS LA TÊTE . . . . *Jen Banbury*
2628. — FRANCONVILLE, BÂTIMENT B. . . . . *Gilles Bornais*
2629. — LE PÉCHÉ OU QUELQUE CHOSE D'APPROCHANT. . . . . *Francisco González Ledesma*
2630. — JUSTICE BLANCHE, MISÈRE NOIRE . . . . *Donald Goines*
2631. — LE MOUCHARD. . . . . *Dmitri Stakhov*
2632. — NOËL AU BALCON . . . . *Colin Thibert*
2633. — EL INFILTRADO. . . . . *Jaime Collyer*
2634. — L'HOMME AU RASOIR. *Andreu Martin*
2635. — LE PROBLÈME AUX YEUX DE CHAT. . . . . *Robert Skinner*
2636. — SANG ET TONNERRE . . . . *Max Allan Collins*
2637. — LA D'JUNGLE . . . . *Blaise Giuliani*
2638. — LES FANTÔMES DE SAÏGON. . . . . *John Maddox Roberts*
2639. — ON PEUT TOUJOURS RECYCLER LES ORDURES *Hélène Crié-Wiesner*
2640. — L'IVRESSE DES DIEUX . . . . *Laurent Martin*
2641. — KOUTY, MÉMOIRE DE SANG . . . . *Aïda Mady Diallo*
2642. — TAKFIR SENTINELLE . . . . *Lakhdar Belaïd*

Composition Nord Compo.
Reproduit et achevé d'imprimer sur Roto-Page
par l'Imprimerie Floch à Mayenne
le 25 janvier 2002.
Dépôt légal : janvier 2002.
Numéro d'imprimeur : 53415.

ISBN 2-07-042251-8 / Imprimé en France.

8674